HEYNE <

Das Buch

Flensburg und sein Rum.

Das große Sterben der Rumbrennereien haben nur wenige der Alteingesessenen überlebt. Die größte und berühmteste, das Spirituosenimperium Jessen, hat sich erfolgreich am Markt behaupten können. Mit aggressiven Werbeaktionen und Kultgetränken wie »Großer Held«, einem süßlichen Rum-Mixgetränk, soll nun sogar die junge Disco-Szene als Kunde gewonnen werden.

Nun ist der Held tot! Walter Baumgartner hat seinen schnellen Aufstieg zum Werbestar bis zur Neige ausgekostet.

Ein norddeutscher Krimi als mörderischer Cocktail!

Der Autor

Peter Zingler, Jahrgang 1944, halbmittlere Reife, Berufseinbrecher, jahrelang auf der Flucht durch die schönen und weniger schönen Länder dieser Welt. Seit der Haftentlassung 1985 veröffentlichte er dreizehn Romane, mehrere Erzählbände und hat sechs Anthologien herausgegeben. Er schrieb Essays, Reportagen, Kurzgeschichten für »Stern«, »Spiegel«, »Penthouse«, »Playboy«, »Transatlantik«, das »SZ«- und »Zeit«-Magazin. Über 70 Drehbücher hat er seit 1986 für Film und Fernsehen verfasst. 1989 wurde er mit dem Ingeborg Drewitz-Literaturpreis ausgezeichnet und für den TATORT »Kinderspiel« 1993 mit dem Adolf Grimme-Preis. Sein ZDF-Fernsehfilm »Tödliche Wende« erhielt 1996 den »Goldenen Löwen« und im selben Jahr den »Goldenen Gong«. 2003 war er Krimistadtschreiber von Flensburg. Peter Zingler lebt und arbeitet in Frankfurt am Main.

PETER
ZINGLER

Dunkelziffer

Roman

WILHELM HEYNE VERLAG
MÜNCHEN

Umwelthinweis:
Dieses Buch wurde auf
chlor- und säurefreiem Papier gedruckt.

Originalausgabe 02/2005

Printed in Germany 2005
Umschlagillustration und -gestaltung: Nele Schütz Design,
München
Satz: Wilhelm Heyne Verlag, München
Druck und Bindung: GGP Media GmbH, Pößneck
http://www.heyne.de

ISBN: 3-453-43013-1

I

Noch tausend Kilometer weiter in Richtung Norden ging in diesen Tagen die Sonne niemals unter. Aber auch hier in Flensburg hatten Nachtschwärmer und Einbrecher wenig Gelegenheit, die Dunkelheit zu nutzen, und Somnambule sollten sich beeilen, in warme Betten zurückzukehren, bevor sie ein früher Hahnenschrei unsanft weckte. Denn obwohl noch nicht vier, hatten die Vögel im Carlisle-Park bereits ihr ohrenbetäubendes Frühkonzert angestimmt. Nach einer dieser kurzen Juninächte graute ein wolkenloser Morgen, und die Straßenbeleuchtung, die immer noch eingeschaltet war, war nur zu sehen, weil sie sich auf der großen Plakatwand spiegelte und erkennen ließ, dass irgendein hübscher Mann irgendein Getränk anpries.

Vom Munketoft kommend kurvte ein silbergraues Audi TT Cabriolet mit hoher Geschwindigkeit in die Bahnhofstraße, preschte haarscharf an einem parkenden Auto vorbei und raste in Schlangenlinien weiter. Unvermittelt bog der Wagen mitten auf der Straße rechtwinklig ab, schlingerte auf den Bordstein zu, bremste hart, rammte noch einen Abfallkorb, der sich aus der Halterung löste und scheppernd zu Boden fiel, bevor er mit abgewürgtem Motor zum Stehen kam. Die Vögel waren schlagartig verstummt, jedoch nur für eine Sekunde, denn als der Fahrer die Wagentür aufstieß, erfüllte ihr Gezwitscher schon wieder die Luft.

Ein auffallend gut aussehender Mittdreißiger in einem teuren, wenn auch leicht zerknitterten, hellen Anzug stemmte sich schwerfällig aus dem Sitz, plumpste zurück auf das Polster und kämpfte sich schließlich auf die Füße. Er machte einen unsicheren Schritt, stolperte und fiel vornüber. »Verflucht!«, keuchte er, rappelte sich hoch, rieb sich das Knie, wobei er fast noch einmal das Gleichgewicht verloren hätte, und drängte sich durch die Sträucher in den menschenleeren Park. Er sah seltsamerweise dem Mann auf dem Plakat ähnlich. Während er den Reißverschluss seiner Hose herunterzerrte, ergriff er mit der anderen Hand eines der beiden Miniaturfläschchen, deren Hälse aus der Brusttasche seines Jacketts ragten, und öffnete es, indem er den Schraubdeckel zwischen die Zähne klemmte. Dann spuckte er das Deckelchen in die Wiese, betrachtete das Etikett mit dem Schriftzug Großer Held unter dem Konterfei von Che Guevara und murmelte:

»Siehst fast so gut aus wie ich, bloß hat dir deine Schönheit nix genutzt.«

Er steckte den Hals der kleinen Flasche in den Mund, legte den Kopf in den Nacken und ließ die Cola-Rum-Mischung die Kehle hinunterrinnen, während er breitbeinig ins Gebüsch pinkelte. Er fing an zu kichern, weil ihm seine kleine Tochter einfiel, wie sie mit ihrer Babypuppe im Arm dasaß und ihr mit einem Nuckelfläschchen Kamillentee einflößte. Die Puppe hatte einen leicht geöffneten Mund und ein kleines Loch zwischen den pummeligen Kunststoffbeinen, aus dem die Flüssigkeit einen Augenblick später wieder herauslief. Laura bestand auf Kamillentee, weil der wie echte Pisse aussah. Sein Kichern wurde immer hysterischer, bis ihm die Tränen übers Gesicht rollten und er zu schluchzen begann.

»Was gibt's denn da zu glotzen?«, herrschte er eine der vielen im Park verteilten Skulpturen an, einen Kopf mit einem großen blauen Auge auf der Stirn und breiten leuchtend roten Lippen. Wütend schleuderte er das Fläschchen nach der Figur, verfehlte sie aber.

»'tschuldigung, Arschgesicht, du kannst ja nix dafür, aber diese Weiber machen mich noch wahnsinnig«, brabbelte er. »Was denkt diese Tussi sich eigentlich? Wo doch jetzt endlich alles klar war, verdammt noch mal! Ich bin schließlich ein Star, versteh einer die Weiber!«

Genervt schaute er nach oben in die Baumkronen, aus denen der morgendliche Vogellärm ertönte, und brüllte:

»Ruhe!!!«

Plötzlich runzelte er die Stirn, stützte sich an der Figur ab und griff sich in die Magengegend. Dann atmete er tief durch und taumelte ziellos weiter.

Sein Blick fiel auf eine überlebensgroße nackte Diana, die mit ihrem Bogen in den Himmel zielte. Er schüttelte die Faust und torkelte zeternd auf sie zu.

»Scheißfotzen!«

Er versuchte, der Holzfrau gegen das Schienbein zu treten, kippte dabei nach hinten und landete auf dem Rasen.

»Ich bin doch nicht euer Hanswurst!«

Er rieb sich den Steiß, kroch auf allen vieren auf die Skulptur zu und umarmte tollpatschig ihre Beine.

»Was hast du denn plötzlich, Janine?«, wimmerte er. »Wir sind doch so ein Superteam! Hast doch selbst gesagt, zusammen könnten wir die Welt kippen! Bald kommen die ersten Anfragen vom Film! Hast du gesagt!« Er rülpste, schlug nach der geschnitzten Jagdgöttin und schrie zu ihr hinauf: »Pah, das wirst du schon noch bereuen, Janine, du Miststück! Dann gehe ich nämlich ohne dich nach Hollywood!«

Er umklammerte die Figur, zog sich an ihr hoch und streichelte ihre Schenkel. Er versuchte, mit der Hand ihren Schoß zu erreichen, kam aber nicht dran. Wieder griff er sich an den Magen, rülpste und verzog weinerlich das Gesicht.

»Du hast mich nie geliebt ... Wahrscheinlich ging's dir bloß darum, durch mich berühmt zu werden.« Er redete sich aufs Neue in Rage. »Von wegen!«, sagte er entschlossen. »Nicht mit mir, nicht mit Walter Baumgartner!«

Wieder fasste er sich an den Bauch. Stöhnend krümmte er sich vornüber, würgte und erbrach. Einen Moment lang sah er verwirrt zu, wie sein Mageninhalt vom Sockel des Standbildes in die Wiese troff.

»Schade um den teuren Schampus«, nuschelte er und fasste sich an Bauch und Hals. »Komisch ... doch sonst nicht ...«

Mit leerem Blick starrte er minutenlang ins Weite. Dann nickte er vor sich hin und dachte:

»Mein größter Fehler war, diese Landpomeranze zu heiraten ... Ein Mann wie ich braucht eben jemand Kreatives, Kultiviertes, eine Frau von Welt ... ist doch klar, dass ich fremdgehe! Sie hätte wenigstens den Anstand haben können, ordentlich zu verhüten, die hinterfotzige Schlange! Na ja ... und auf ein Kind mehr oder weniger kam's ihr auch nicht an.« Er seufzte aus tiefstem Herzen. »Und ihre Mutter, die alte Schreckschraube! Hätt ich sie doch bloß in ihrem Kuhdorf versauern lassen!«

Den Arm um die Knie der hölzernen Kriegerin geschlungen, übergab er sich wieder. Der Schweiß brach ihm aus allen Poren, er zitterte und war kreidebleich geworden. Panik stieg in ihm auf.

»Puh, wovon, zum Teufel, ist mir denn nur so übel?«

Winselnd presste er beide Hände auf seinen Unterleib und steuerte mit wackligen Schritten auf eine Parkbank zu. Die Koliken durchschnitten ihm die Eingeweide mit solcher Heftigkeit, dass es ihm den Atem nahm. Keuchend und schweißüberströmt ließ er sich auf die Bank fallen und blieb zusammengesunken sitzen. Das Herz schlug ihm hart und unregelmäßig gegen die Brust. Nach Luft ringend versuchte er aufzustehen, sank aber mit einem Aufschrei wieder in sich zusammen.

»Und jetzt auch noch die Scheißerei ...! Was zur Hölle ...? Okay ... ganz ruhig, gut durchatmen. Bestimmt nur was Falsches gegessen«, beschwichtigte er sich. »Jetzt hilft nur noch ein Schlückchen Medizin ...«

Er zerrte das zweite Fläschchen Cuba libre aus der Brusttasche, hielt es sich, im vergeblichen Bemühen, es scharf zu sehen, dicht vor die Augen und griff beim Versuch, den Drehverschluss zu packen, mehrmals vorbei. Schnaufend schaffte er es schließlich doch, setzte es an die Lippen und nahm einen Schluck. Dann straffte er sich, holte tief Luft und wütete gestikulierend weiter: »Und schlägt mir die Tür vor der Nase zu! Das hätte sie von sich aus nie gebracht, daran ist bloß die alte Hexe schuld!! Jetzt zeig ich's ihr! Ich lass sie einfach wieder einweisen und schnapp mir die Kids ...!«

Da zerriss ihm eine Schmerzattacke den Unterleib, sein Darm rumorte hörbar, ein bitterer Geschmack stieg ihm in die Kehle, er würgte, wollte schreien, fühlte seinen Herzschlag außer Rand und Band, verschluckte sich, bekam keine Luft, musste wieder kotzen, und als er den blutigen Schaum auf Hemd und Hose tropfen sah, überrollte ihn die Panik in einer langen Welle. Erschrocken presste er die Hand auf den Bauch, stützte sich mit der anderen ab und kam auf die Beine. Das Fläschchen rutschte ihm aus den Fingern, fiel herunter und blieb gegen den Fuß der Bank gelehnt fast aufrecht in einem Grasbüschel stecken. Er umklammerte die Lehne und starrte verzweifelt durch die Sträucher zu den Häusern gegenüber. Den Blick auf ein erleuchtetes Fenster geheftet, ließ er den Holm los, machte zwei unsichere Schritte in Richtung Straße und schlug der Länge nach ins hohe Gras. Von wilden Krämpfen geschüttelt, wälzte er sich auf die Seite, fummelte sein Handy heraus und drückte hektisch die Tasten. Schon nach dem ersten Klingelton meldete sich der Anrufbeantworter. Er stöhnte, und das Telefon entglitt seinen kraftlosen Fingern.

»Hilfe«, flüsterte er, »warum hilft mir denn keiner?«

Dann dachte er nichts mehr. Sein ganzer Körper krümmte und spannte sich abwechselnd. Er spürte, wie sein Hals eng wurde, die Luft blieb aus, ihm wurde schwarz vor Augen, und die Welt versank.

II

Es war der gleiche merkwürdige, sich seit Jahren wiederholende Albtraum. Schreie in höchster Not, gedämpft durch die Entfernung und mehrere Türen. Schnell, schnell nach oben, immer zwei Stufen auf einmal. Tonnenschwere Füße, die auf der steilen Wendeltreppe kaum von der Stelle kommen, zusätzlich behindert von einer ununterbrochenen Lawine aus Papierknäuel, die sich raschelnd treppab wälzt. Die alten Holzstiegen knarzen so laut, dass sie das Rufen zeitweise übertönen. Im oberen Stockwerk Türen zu beiden Seiten des Flurs, eine endlose Doppelreihe Türen. Im Zickzack den Flur entlang, eine Tür nach der anderen aufreißen, schnell, schnell. Hinter der ersten ist kein Raum, nur undurchdringliches Schwarz, hinter der zweiten nichts, hinter der dritten nichts, während das Klagen schwächer wird und sich immer weiter zu entfernen scheint. Da ist urplötzlich der Gang zu Ende, und ein bodenloser, mit gleißendem Licht erfüllter Abgrund tut sich auf. Ein Schatten löst sich aus dem Dunkel und stürzt in die weiße Helle. Mit ausgebreiteten Armen fällt die Gestalt ins Leere. Im Luftzug lösen sich große Fetzen Fleisch aus Armen und Schultern und schweben nach oben. Vergeblich versucht sie danach zu fassen, bevor sie verglühen, und starrt fassungslos auf die nackten Knochen.

Ihr eigener Aufschrei weckte Angela. Schweißgebadet fuhr sie hoch und sah benommen nach dem Wecker. Vier Uhr.

Verflucht, das muss ein Ende haben!, dachte sie mit grimmigem Blick auf die dünnen Hotelgardinen, durch die das frühe Licht schien. Wie immer, wenn sie aus diesem Albtraum aufschreckte, pochte ihr Herz wie wild, und sie wusste, dass sie wieder einmal in dem verhassten Teufelskreis gefangen war, den sie so gut kannte. Nicht schlafen zu können machte sie sauer, weil sie wusste, dass sie am nächsten Morgen schlagkaputt sein würde, und der Zorn darüber hinderte sie daran, wieder einzuschlafen. Sie brauchte dringend dicke Vorhänge vor den Fenstern. Oder am besten Rollläden. Sie erinnerte sich an das knirschende Rattern, mit dem ihre Mutter früher zu Hause die Fensterläden heruntergelassen hatte.

Vor drei Monaten hatte sie erstmals seit langer Zeit wieder oben am Museumsberg beim Alten Friedhof gestanden und sich schmunzelnd erinnert, wie riesengroß und weitläufig ihr das winzige anderthalbstöckige Häuschen als Kind vorgekommen war. Es gehörte jetzt ihr und stand seit dem Tod ihres Vaters leer. Sobald sie ein wenig Fuß gefasst hatte, würde sie es vermutlich verkaufen. Ursprünglich hatte sie daran gedacht, in der ersten Zeit nach ihrer Versetzung dort zu wohnen, bis sie etwas Passendes gefunden hätte. Doch kaum hatte sie die Schwelle überschritten, war ihr klar, dass sie es nicht ertragen könnte. Daher hauste sie nun schon seit vier Wochen in dieser Pension.

Sie wankte ins Bad, ließ den Zahnputzbecher voll kaltes Wasser laufen und trank es in einem Zug aus, um den gallebitteren Geschmack wegzuspülen, den der Gedanke an die Eltern ihr in die Kehle getrieben hatte. Seufzend ließ sie sich wieder ins Bett fallen und versuchte sich damit zu trösten, dass sie sicher schnell eine Wohnung finden würde, sobald sie die Suche nur ernsthaft genug in Angriff nahm. Sie war froh über Kriminalmeister Baakes Angebot, den Chauffeur für sie zu spielen, das würde eine Menge Zeit sparen ...

Sie war wohl gerade erst wieder eingenickt, als der Wecker rasselte. Wie gerädert schleppte sie sich ins Bad, drehte die Dusche auf und stöhnte, als sie ihr blasses Gesicht mit den verschwollenen Augen im Spiegel sah.

»Guten Morgen, Frau Tendrup, haben Sie gut geschlafen?« Die Wirtin der kleinen Pension begrüßte Angela leutselig wie immer, als sie die Treppe herunterkam. Angela antwortete mechanisch und steuerte wie in Trance auf den Frühstücksraum zu.

Noch immer gähnend saß sie vor der dritten Tasse Kaffee, den Immobilienteil des Flensburger Tageblatts vor sich auf dem Tisch ausgebreitet, und kringelte Anzeigen ein. Mit der Spitze des Kugelschreibers tippte sie eine Nummer auf ihrem Handy. Das Gespräch dauerte nur ein paar Sekunden, sie strich das erste der markierten Wohnungsangebote durch und drückte entschlossen die nächste Nummer. Dieses Telefonat endete mit der Vereinbarung eines Besichtigungstermins in einer halben Stunde, und sie notierte die Adresse. Zwanzig Minuten und sieben Telefongespräche später trat mit athletischem Schritt Kriminalmeister Jens Baake ein.

»Moin«, begrüßte er seine Vorgesetzte.

Angela sah auf und lächelte.

»Pünktlich wie ein Maurer! Guten Morgen!« Sie riss das

Blatt ab und hielt es ihm hin. »Die drei würde ich mir gern ansehen. Schaffen wir das vor Dienstbeginn?«

Baake überflog die Adressen und nickte. »Liegt alles ziemlich zentral. Wohin denn zuerst?«

Angela faltete die Zeitung zusammen, stand auf und schlüpfte in die Jacke. »Die letzte klingt am interessantesten.«

»Das ist praktisch hier um die Ecke.«

Die frühe Sonne tauchte alles in ein strahlend weißes Licht, und als Angela aus der dämmrigen Pension auf die Straße hinaustrat, musste sie einen Moment geblendet die Augen schließen. Baake hielt ihr die Tür des zivilen VW Passat auf und setzte sich hinter das Steuer. Während er den Wagen anließ, sich nach hinten drehte und aus der Parklücke stieß, ruhte Angela Tendrups Blick auf ihrem jungen Mitarbeiter. Da sie ihre neue Planstelle als leitende Kriminalhauptkommissarin in Flensburg gerade erst angetreten hatte, kannte sie Baake noch nicht besonders gut, brauchte jedoch nicht sehr vertraut mit ihm zu sein, um zu erraten, dass er seine gesamte Freizeit zwischen Trainingsgeräten und Sonnenbank verbrachte. Er war sechsundzwanzig, lang und schlank und unter seinen Muskelpaketen vermutlich ein eher schlaksiger Typ. Seine große Höckernase sprang scharf aus seinem gebräunten Gesicht hervor und bildete zu den hellblauen, von dichten blonden Wimpern bekränzten Augen und den weich geschwungenen Lippen einen solchen Kontrast, als sei sie versehentlich dort hingeraten. Das kurze Haar stand in kleinen gelgesteiften Spitzen nach oben, und im linken Ohrläppchen trug er drei kleine Ringe.

»Das ist wirklich nett von Ihnen! Allein würde ich mich

bestimmt ständig verfransen. Ich hab zwar meine Kindheit hier verbracht, aber das ist halt schon ein paar Tage her.«

»Mach ich doch gern. Und bald kennen Sie sich auch wieder aus. Ich hab's hier ziemlich schnell gerafft!«

Angela schaute auf den Stadtplan, der auf ihrem Schoß lag.

»Wo sind wir? Ach hier, ich hab's schon.«

Sie stippte den Finger auf ihren Standort knapp unterhalb der Hafenspitze.

»Wonach haben Sie die Wohnungen eigentlich ausgesucht, wenn Sie gar nicht wissen, wo sie liegen?«

»Altbau!«, gab sie zurück.

»Warum Altbau? Es gibt hübsche neue Siedlungen mit viel Grün. Also, da wo ich wohne ...«

»Mein lieber Herr Baake, Sie wissen ja gar nicht, wie lange ich schon von hohen Decken und einer geräumigen Küche träume! In Hamburg war das früher unbezahlbar, und in Kiel hatte ich auch keine, und wenn's mich schon ins Sibirien von Schläfrig-Holzbein verschlagen hat, soll es zumindest den Vorteil haben, dass ich mir hier eine schöne Altbauwohnung leisten kann.«

»Was heißt hier verschlagen?«, widersprach Baake. »Man muss doch richtig kämpfen, um in ein anderes Bundesland versetzt zu werden?«

»Stimmt schon ...«, gab Angela zu, »war auch nicht so gemeint. Flensburg hat was.«

Baake bog vom Hafendamm rechts in die Nordstraße ein und fuhr dann gleich wieder rechts die steile Friedastraße hoch. Angela verfolgte den Weg mit dem Finger auf der Karte. Als sie die Anhöhe erreicht hatten, wies er auf das Stadtpanorama, das sich unter ihnen ausbreitete, und die in der Morgensonne glänzende Förde.

»Gucken Sie lieber aus dem Fenster, und genießen Sie die schönen Ausblicke auf Ihre alte, neue Heimat!«

»Chauffeur und Fremdenführer in einem!«, lachte sie und schaute umher. »Ja, herrlich! Und hübsche Häuser sind das hier! Was für aufwändige Türen!«

»Hier haben früher die Kapitäne und Steuerleute gewohnt. Ehe man die andere Straßenseite bebaut hat, konnten sie das Geschehen im Hafen durchs Wohnzimmerfenster beobachten«, erklärte ihr Baake.

Am neugotischen Ziegelturm der Sankt-Jürgen-Kirche vorbei machte die Straße eine Rechtskurve und traf dann auf die Bachstraße. An einem Bauzaun, hinter dem auf einem ausgeschachteten Grundstück ein Kran stand, hielt Baake an.

»Da drüben ist es.«

Angela schaute an dem dreistöckigen Backsteinbau hinauf und wirkte enttäuscht.

»Schade, keine Balkone ... Na ja, ich guck's mir trotzdem mal an. Bis gleich.«

Baake blickte ihr nach, als sie rasch die Straße überquerte. Sie trug Turnschuhe, einen schmalen hellen Rock, ein pinkfarbenes T-Shirt und darüber eine kurze Jeansjacke. Der ungeschminkte sportliche Frauentyp war eigentlich nicht sein Fall, aber als er sie mit langen Schritten und wehenden Haaren davongehen sah, zog ihre breitschultrige schlanke Gestalt seine Augen in Bann. Nicht übel, dachte er.

Er schaute auf ihren Po und den Saum des Höschens. Kein Ritzenputzer, dachte er, Großraumunterhosen. Wie alt mag sie wohl sein, siebenunddreißig, achtunddreißig?

Sie spürte seinen Blick fast körperlich, und einen Augenblick lang ärgerte sie sich, dass sie unter dem engen

Rock keinen Tanga angezogen hatte. Sie hasste die Dinger, aber noch mehr hasste sie es, wenn der Slip ihr den Hintern vierteilte. Trotzdem verkniff sie sich gerade noch den Kontrollgriff.

Nachdem sie in der Tür verschwunden war, lehnte Baake sich zurück und wartete. Versonnen betrachtete er das Großplakat, das fast die gesamte Giebelwand des Hauses neben der Baulücke einnahm. Der Platz war geschickt gewählt, denn hier oben war es selbst aus den tiefer gelegenen Stadtteilen gut zu sehen. Auch die übergroße Typographie ließ sich noch aus einigen hundert Metern leicht entziffern. Großer Held – Nimm ihn dir!, stand quer über einen Horizont geschrieben, an dem sich der strahlend blaue Himmel mit dem Tiefblau des tropischen Meeres traf. Gegen den Stamm einer Palme gelehnt, zwischen deren Wedeln anstelle der Datteln Büschel von kleinen Fläschchen wuchsen, lag im Vordergrund ein bildschöner Kerl im weißen Sand, in einer Hand einen Dattelzweig voller Fläschchen, während er mit der anderen eins davon an den Mund setzte. Damit die Botschaft auch niemandem entging, war daneben ein Fläschchen in Großformat abgebildet, so dass man auf dem Etikett den berühmten kubanischen Revolutionshelden Che Guevara erkannte und der Markenname Großer Held, der Slogan Kuba ist cool – Cuba libre und die Internetadresse www.rum-ist-trend.de deutlich zu lesen waren.

Könnt ich jetzt auch vertragen!, dachte Baake, kniff die Augen zusammen und schielte ein bisschen, bis der Baukran mit einer schütteren Akazie vor dem wolkenlosen Frühsommerhimmel zu einer palmenähnlichen Silhouette verschmolz.

III

Frau Krüger, eine verwitwete Endsechzigerin, die sommers wie winters an Schlaflosigkeit litt, verließ jeden Tag in aller Herrgottsfrühe ihr Haus im Nane-Jürgensen-Weg, um mit ihrem übergewichtigen Cockerspaniel die gemeinsame morgendliche Runde durch den benachbarten Park zu drehen.

Frau Krüger liebte den Carlisle-Park. Sie hatte ihn schon geliebt, als er noch voller Ulmen stand, und trauernd miterlebt, wie eine Baumkrankheit viele der prächtigen alten Riesen hatte absterben lassen. Als dann Künstler aus aller Herren Länder kamen und anfingen, die mehr oder weniger hohen Stümpfe zu behauen, war sie von der Idee begeistert gewesen und hatte den Fortgang der Arbeiten an den verschiedenen Skulpturen mit Spannung verfolgt. Besonders der lange dünne Mann mit dem Loch im Bauch und der herzige Zwerg, der mit verschränkten Armen, knubbeligen Füßen und spitzen Ohren zusammengekauert in seinem Stamm hockte, hatten es ihr angetan.

Um diese Tageszeit war es im Park leer. Für die Schulkinder und Büroleute war es noch ein wenig zu früh, und so waren, abgesehen von ein paar Joggern, der fette Hund und sein altes Frauchen fast die einzigen Besucher. Sie ließ ihn von der Leine, und gemächlich trotteten sie hintereinander den Kiesweg entlang.

Als Hermännchen den Müllhaufen erspähte, der einem umgekippten Papierkorb entquoll, kam plötzlich Leben in ihn. Er schlug einen Haken, machte zwei Sätze und stand mit den Vorderpfoten mitten im Abfall. Blitzschnell hatte er sich einen Rest Döner geschnappt und wollte sich gerade darüber hermachen, als sein Frauchen ihn anherrschte:

»Hermännchen! Aus! Das ist pfui!«

Das Auto, das den Abfallbehälter offensichtlich umgemäht hatte, stand schräg über zwei Parkplatzmarkierungen, den Kühler ins Gesträuch gebohrt.

Kopfschüttelnd zeterte Frau Krüger vor sich hin:

»Nun guck dir das an, Hermännchen! Hat man da noch Töne! Da war wohl wieder einer stockbesoffen! Und wer kommt dafür auf? Der Steuerzahler, wie immer!«

Als sie die Bogenschützin erreichten, schnüffelte der Cocker wie immer lange zu ihren Füßen herum, ehe er das Bein hob, wie er es an jedem Baum auf seinem Weg tat, gleichgültig ob beschnitzt oder belaubt. Diesmal schnupperte er besonders ausgiebig, und Frau Krüger, die schon ein gutes Stück vorausgegangen war, blieb stehen und sah sich ungeduldig nach ihm um. Der Hund wuselte am Sockel der Statue hin und her und hatte das Pinkeln vor lauter Aufregung ganz vergessen. Die schwarze Schnauze ins Gras gedrückt, lief er ein paar Meter weg, wieder zurück, um die Figur herum, und hetzte schließlich, so schnell die dünnen Beine den Kugelbauch zu tragen vermochten, über den Weg, wo er einem keuchenden Jogger, der mit konzentriert zu Boden gerichtetem Blick herantrabte, genau vor die Füße rannte. Der Mann konnte ihm eben noch ausweichen, rutschte aber auf dem Kies aus und fiel hin, während der Spaniel auf der anderen Seite des Weges hinter einer Parkbank verschwand.

Frau Krüger hatte inzwischen besorgt kehrtgemacht und kam leineschwingend herbeigeeilt, während sie auf ihren Hund einschwatzte:

»Hermännchen, wo bleibst du denn? Wehe, du liest was vom Boden auf! Das ist pfui! Kriegst gleich was Feines, wenn wir nach Hause kommen. Nein, Hermännchen, pfui!«

Als sie den Frühsportler stürzen sah, schlug sie sich erschrocken die Hand vor den Mund. Fluchend humpelte der Mann auf die Bank zu und blaffte Frau Krüger wütend entgegen:

»Nehmen Sie Ihre Töle gefälligst an die Leine!«

»O Jesses«, japste Frau Krüger, »Sie haben sich doch hoffentlich nichts getan! Hermännchen, du kommst sofort hierher, oder ich zieh dir das Fell über die Ohren!«

Schnaufend erreichte sie die Parkbank, als sich soeben der Jogger darauf niederlassen wollte, um das silbrige Polyester seiner Sporthose auf Schäden zu untersuchen.

»Iiih, nicht!«, kreischte sie auf, »da ist alles voller Kotze!«

Der Jogger erstarrte mitten in der Bewegung, betrachtete angeekelt die Bank, warf dann einen stocksauren Blick auf Frau Krüger, als habe sie die Schweinerei verursacht, und hinkte entnervt davon, während Frau Krüger ihren Hund ermahnte:

»Dass du mir das ja nicht aufschleckst, Hermännchen!«

Aber Hermännchen hatte Wichtigeres zu tun. Die Schlappohren zurückgelegt und die Vorderpfoten in die Erde gestemmt, bellte er so hysterisch, dass er sich fast verschluckte. Als Frau Krüger die Äste zur Seite bog und sich schnaufend bückte, um Hermännchen am Halsband zu packen, entdeckte sie zuerst einen Fuß in einem Mokassin aus hellbraunem Wildleder, dann ein Stück Hosenbein.

»Bist du jetzt still! Komm zu Frauchen!«

Dann erkannte sie einen grässlich verrenkten Mann hinter der Parkbank und stieß einen so gellenden Schrei aus, dass der Hund schlagartig ruhig war und der Jogger wie angewurzelt stehen blieb.

IV

Der Funkruf schreckte Baake aus seinen Träumen. Er meldete sich, hörte zu, antwortete knapp und wollte eben aus dem Wagen springen, um Angela zu holen, als sie bereits aus dem Haus trat. Er winkte ihr, sie solle sich beeilen, aber sie beachtete ihn gar nicht, ließ sich neben ihn in den Sitz fallen und nölte:

»Kein Balkon!« Unwirsch wies sie auf den Bauzaun und den Kran. »Außerdem ziehen sie da gegenüber demnächst ein neues Haus mit acht Eigentumswohnungen hoch. Und ein Jahr lang neben einer Baustelle zu wohnen, dazu hab ich nun wirklich keine Lust!« Sie seufzte, strich die Adresse auf ihrem Zettel durch und markierte die darunter mit einem großen X. »Nächste Station also ... Duburger Straße.«

Er schüttelte den Kopf und ließ den Motor an. »Nächste Station Carlisle-Park. Da liegt eine Leiche.«

Einen Augenblick lang starrte sie ihn verdutzt an.

Er wies aufs Telefon. »Eben gekommen«, setzte er in entschuldigendem Ton hinzu.

Sie schnaubte, zuckte dann aber ergeben die Achseln.

»Na gut, dann nichts wie hin!«

Er nickte beflissen, warf mit raschem Griff das Blaulicht aufs Autodach, schaltete die Sirene ein und trat das Gaspedal durch, dass sie tief ins Polster gepresst wurde.

Um ein Haar wäre er in ein vorbeikommendes Auto geprallt, dessen Fahrer gerade noch bremsen konnte.

»Hey! Haben Sie nicht Leiche gesagt?«, blaffte sie ihn an. »Dann machen Sie gefälligst Blaulicht und Sirene aus und fahren Sie normal! Eine Leiche ist schon tot!«

Peinlich berührt gehorchte Baake, wütend über sich selbst und seinen pubertären Übereifer. Den Rest der Strecke legte er schweigend als gesitteter Verkehrsteilnehmer zurück.

Idiot!, schimpfte er sich im Stillen, wenn du bei ihr Punkte machen willst, benimm dich nicht so dämlich!

Seit es vor vier Monaten mit seinem ersehnten Wechsel zur Kriminalpolizei endlich geklappt hatte, war sein Tatendrang kaum zu bremsen. Auch unter seinem früheren Hauptkommissar hatte er schon großes Engagement an den Tag gelegt, doch seit dieser wegen Krankheit frühpensioniert worden war und Hauptkommissarin Angela Tendrup den Posten übernommen hatte, führte er sich so blödsinnig auf, dass er sich selbst manchmal fragte, in welcher Eigenschaft er sie eigentlich mehr beeindrucken wollte, als Frau oder als Vorgesetzte.

Als der scheidende Leiter des Dezernats Gewalt-Kriminalität, zuständig für die gesamte Abteilung, ins große Besprechungszimmer gerufen hatte, um seine Nachfolgerin vorzustellen, war Jens Baake mit einiger Verspätung zu der Versammlung erschienen, die abgesehen von einer Sekretärin und der Ärztin Frau Dr. Kolle ausschließlich aus Männern bestand, und zwar gerade in dem Moment, in dem jemand der künftigen Sachgebietsleiterin die Frage stellte, ob sie sich der immensen männlichen Übermacht in der Abteilung denn gewachsen fühle. Angela Tendrup hatte, eine Braue hochgezogen und gesagt:

»Ich bitte Sie, eine Frau, die nur so gut sein will wie Männer, hat ja nun wirklich keinen Ehrgeiz!«

Dann war sie in ihr lautes, unbefangenes Lachen ausgebrochen und hatte mit einem Schlag eine Menge Punkte gemacht.

»Gehen Sie bitte weiter!« Der kleine runde Polizeibeamte richtete seine hundertsechzig Zentimeter zu ihrer vollen Autorität auf, um die Neugierigen zu vertreiben, denn inzwischen waren Jogger, Hundehalter und andere Frühaufsteher aus dem ganzen Park zusammengeströmt.

Auch fünf oder sechs abgerissene Gestalten, die im Park ihr flüssiges Frühstück in Form von Dosenbier zu sich nahmen, waren am Ort der Tragödie aufgetaucht, unter ihnen eine Frau mit dicken Tränensäcken, fettigem Haar und einem nervösen Tick, die unentwegt die seltsamsten Grimassen schnitt. Mit sensationslüstern gerecktem Hals schlenderte sie zu der Bank hinüber. Als sie den Toten sah, erstarrte sie, das Gesicht kreuz und quer in Falten gelegt, doch im nächsten Augenblick schnappte sie nach Luft und stieß ihren schwarz geränderten Zeigefinger in die Richtung des leblosen Körpers:

»Den kenn ich doch, den kenn ich doch! Aber das ist ja der ... das ist doch ... ich kenn den ...«, sagte sie halblaut.

Niemand beachtete die Frau, die offenkundig nicht alle Tassen im Schrank hatte. Doch auch ein junges Paar im Sportdress wechselte stirnrunzelnde Blicke, während das Mädchen leise zu seinem Begleiter sagte:

»Mir kommt er auch irgendwie bekannt vor, dir nicht?«

Inzwischen hatte der zweite, noch sehr junge Polizist aus dem Einsatzwagen ein rotweißes Band geholt, während Frau Krüger neben ihm her trippelte, unentwegt auf ihn einredete und immer wieder ihren Hund zurückriss, der keuchend an der Leine zerrte und sich fast an seinem Halsband erwürgte. Ungeschickt band der junge Polizist den Plastikstreifen um die Diana-Skulptur und zog ihn um Sträucher und Bäume hinter der Parkbank entlang. Er hatte noch nicht viele Leichen gesehen, und tatsächlich war diese besonders eindrucksvoll. Der Tote lag auf der Seite, das Kreuz unnatürlich durchgedrückt, die Hände klauenartig verkrampft, mit fratzenhaft verzogenem Gesicht und weit aufgerissenen Augen. An Kinn und Hals hatte er getrockneten blutigen Schaum, und seine Kleidung war mit Erbrochenem besudelt. Den jungen Beamten überlief eine Gänsehaut, er schüttelte sich und schluckte hart, um den Brechreiz niederzukämpfen. Dann steckte er seinen Kopf ins Gebüsch und übergab sich. Der Dicke hörte ihn würgen, stapfte kopfschüttelnd herbei, nahm ihm das Ende des Absperrstreifens aus der Hand, sah sich suchend um und knotete es schließlich am Außenspiegel des Streifenwagens fest.

»Wenn Sie fertig sind, sehen Sie nach, ob er Papiere bei sich hat!«, schnauzte er seinen hustenden Kollegen an, bevor er sich wieder ungnädig an die Umstehenden wandte. »Bitte weitergehen! Machen Sie Platz!«

Herrisch schwenkte er die kurzen Arme, und die Schaulustigen zogen sich unwillig ein paar Schritte zurück.

»Sie da!«, rief er Frau Krüger zu. »Sie gehen bitte auch zur Seite, aber bleiben Sie in der Nähe, bis Ihre Aussage aufgenommen ist.«

Frau Krüger hatte auch gar nicht die Absicht wegzugehen. »Natürlich«, sagte sie wichtigtuerisch und tätschelte ihren Hund, »schließlich haben wir ihn ja gefunden, nicht wahr, Hermännchen?«

In weiteren Polizeiwagen, die hinter dem ersten auf dem Parkweg anhielten, trafen die Polizeiärztin und Beamte der Spurensicherung ein. Während die Männer in ihre weißen Overalls schlüpften und Frau Dr. Kolle neben der Leiche in die Hocke ging und ihre Tasche aufklappte, fuhren auch Hauptkommissarin Tendrup und Kriminalmeister Baake vor.

»Guten Morgen!«, grüßte Angela die Streifenbeamten. »Was gibt's?«

Ohne eine Antwort abzuwarten, ging sie zu Dr. Kolle hinüber, betrachtete kurz die Leiche, fand sie eklig, schloss die Augen und fragte: »Wie lange ist er schon tot?«

»Zwei, drei, höchstens vier Stunden, würde ich sagen«, gab die Medizinerin zurück.

»Wie?«

»Diese Muskelkontraktion, das blutige Sekret ... auf den ersten Blick sieht's ganz nach Vergiftung aus.«

Auch Jens Baake war hinzugetreten und starrte mit zusammengepressten Lippen auf das verzerrte Gesicht, dessen Anblick ihn sichtlich schockierte. Nachdenklich kratzte er sich am Kopf.

Die Pennerin mit den verschwollenen Augen fing auf einmal an, wie wild auf und ab zu hüpfen, und quietschte im höchsten Sopran: »Das ist der Kuba-Walter! Na klar, der Kuba-Walter ist das!«

Angela sah sie verständnislos an. »Wer?«

Auch die Polizeiärztin musterte die Frau und zuckte die Achseln. »Nach einem aus ihren Kreisen sieht er nicht gerade aus. Dafür ist er zu gepflegt und zu teuer gekleidet«, murmelte sie.

»Selbstmord?«

Angelas Tonfall war um Sachlichkeit bemüht, dennoch

war ein unterschwelliges Flehen herauszuhören. Wenn es schon eine Leiche sein musste, wäre ihr sechs Wochen nach ihrem Einstand in Flensburg ein Lebensmüder lieber als ein Mordopfer.

Frau Dr. Kolle, hartgesotten, aber nicht unsensibel, warf ihr einen argwöhnischen Blick zu, dann hob sie die Schultern und erwiderte sarkastisch:

»Dann hat er sich aber eine der unangenehmeren Methoden ausgesucht, das brennt und sticht im Bauch wie 'n Kilo Chili!«

Seufzend richtete Angela sich auf, ließ die Augen schweifen und versuchte sich zu sammeln. Um die Füße der Parkbank herum, wo der städtische Rasenmäher nicht hinkam, stand das Gras in dicken hohen Büscheln. Sie glaubte im schrägen Sonnenlicht etwas blinken zu sehen, bückte sich und erkannte das Display eines Handys. Mit professioneller Vorsicht zog sie es zwischen den Halmen hervor, packte es in ein Plastiktütchen und hielt es Baake hin. »Überprüfen Sie die letzten Anrufe!«

Doch Baake, der die Augen nicht vom Gesicht des Toten wenden konnte, hatte sie gar nicht gehört. Plötzlich klatschte er sich mit der flachen Hand gegen die Stirn.

»Aber natürlich! Das ist der Kerl von diesem Plakat, der große Held!«

Angela bedachte ihn mit einem verdutzten Blick. Der junge Streifenbeamte, noch immer kalkweiß im Gesicht, trat neben sie und nahm ihr das Tütchen mit dem Handy ab.

»Wenn Sie wollen, kümmere ich mich darum!« Gleichzeitig hielt er ihr mit der anderen Hand Brieftasche und Wagenschlüssel des Toten hin. »Das Auto steht dort drüben.«

Er wies zur anderen Seite des Parks, und Angela lächelte ihm anerkennend zu.

»Die Alte mit dem Hund hat uns drauf aufmerksam gemacht«, wehrte er bescheiden ab.

»Ich seh's mir gleich mal an.«

Mit spitzen Fingern schlug sie die Brieftasche auf und fand Personalausweis, Führerschein und Wagenpapiere.

»Walter Baumgartner«, las sie vor und fügte mit Blick auf das Geburtsdatum hinzu: »Neununddreißig Jahre. Kennen Sie den Mann auch?«

Der bleiche Beamte nickte. »Den kennt hier fast jeder. Obwohl man zugeben muss, dass er auf dem Plakat besser aussieht«, scherzte er, wobei sein Grinsen noch etwas angestrengt wirkte. »Er hat eigentlich eine Tankstelle, draußen an der Husumer Straße.«

»Was heißt eigentlich?«, fragte Angela.

»Na ja, die Tankstelle hat er schon noch, glaube ich, aber er ist in den letzten Monaten ja ein richtiger Star geworden. Er macht Werbung für dieses neue Gesöff. Das Plakat klebt an jeder Straßenecke, da drüben auch, sehen Sie?« Sie folgte seinem Fingerzeig und nickte. »Großer Held von Jessen.«

»Jessen?«, hakte Angela nach.

»Die Rumbrennerei.«

Angela ging an die rotweiße Absperrung, hinter der die Menschenmenge immer mehr anwuchs, und fragte mit lauter klarer Stimme:

»Hat jemand irgendetwas beobachtet? Hat jemand diesen Mann in den Park kommen sehen? Können Sie uns irgendwelche Angaben machen?«

Außer der Frau mit den strähnigen Haaren, die ihre Bierdose schwenkte und mit krampfhaft zuckendem Gesicht ein ums andere Mal wiederholte: »Der Kuba-Walter, is ja ’n Ding, der Kuba-Walter, is ja ’n Ding ...«, meldete sich niemand zu Wort. Angela schaute noch einen Moment erwartungsvoll in die Runde, dann überquerte sie den Rasen und ging zu dem silbergrauen Audi.

Der Wagen war nicht abgeschlossen, der Innenraum ordentlich und offenbar erst kürzlich gesaugt. Andernfalls wäre ihr das Stückchen Hochglanzkarton wohl gar nicht aufgefallen. Es steckte zwischen der Hutablage und der Lehne der Rückbank, als ob es während der Fahrt durchs Fenster entsorgt und vom Luftwirbel wieder hineingeweht worden wäre. Sie fasste es knapp am Rand und identifizierte es als Teil von einem Polaroidfoto. Die Profilaufnahme von einer Frau war mitten durchgerissen, und diese Hälfte zeigte einen Streifen Wange, ein Ohr und einen dichten dunklen Lockenkopf. Auch von den drei handschriftlichen Textzeilen auf der Rückseite waren nur noch Fragmente übrig: *...ot you* und *...nder my skin* und *...nine*. Eindeutig eine Liebeserklärung, denn die Nachricht war – unverkennbar trotz der Verstümmelung – mit einem auberginefarbenen Lippenabdruck signiert. Angela verwahrte den Fetzen behutsam in einem Umschlag und steckte ihn ein.

V

Barfuß, mit rutschender Schlafanzughose, seinen Teddy an sich gedrückt, erschien Mäxchen in der Tür und krähte.

»Mami, Mami! Krieg ich Kakao?«

Maja Baumgartner saß mit hängenden Schultern und tränennassen Augen am Frühstückstisch in der geräumigen Essecke und starrte blicklos vor sich hin. Vor ihr stand ein gekochtes Ei, aber sie hatte ihm nicht einmal die lustige Warmhaltemütze abgenommen. Teller und Besteck waren unberührt, nur die Tasse bereits zum dritten Mal gefüllt. Sie schaute auf, als sei sie mit ihren Gedanken weit weg gewesen.

»Sofort, mein Schatz, hast du denn ausgeschlafen? Guten Morgen!«

Sie fuhr sich mit beiden Händen durchs Gesicht, stand auf, nahm den Vierjährigen auf den Arm und küsste ihn.

»Muck auch Gutenmorgen!«, verlangte Max.

Gehorsam küsste seine Mutter auch den Plüschbär auf die wollige Stirn. Sie setzte den Kleinen in sein Stühlchen, nahm mit mechanischen Gesten und ausdrucksloser Miene die Milch aus dem Kühlschrank, setzte ein Töpfchen auf den Herd und löffelte Kakaopulver in einen Becher. Mäxchen machte sich inzwischen auf dem Tisch zu schaffen, stippte den Finger in die Marmelade, stieß gegen Majas Kaffeetasse, dass sie bedenklich schaukelte und überschwappte, zog den Eierwärmer ab und versuchte, ihn seinem Teddy über die Ohren zu stülpen. Dabei kippte der Eierbecher um, das Ei kullerte über die Tischkante und blieb mit einem knackenden Geräusch auf den Fliesen liegen. Maja sah nicht einmal hin. Als sie dem Kleinen den Becher warmen Kakao und ein Schüsselchen Cornflakes hingestellt hatte und wieder auf den Stuhl sank, ging draußen die Haustür.

»Hallihallo?«, erklang eine fröhliche Stimme vom Flur.

»Omaaa!«, quietschte Mäxchen.

Gerda Stielke stellte schwungvoll zwei voll gepackte Einkaufstüten ab.

»Puh, das wird heiß heute. Ist jetzt schon richtig warm.« Sie hängte ihre Nylonjacke auf, unter der sie eine Art Jogginganzug aus hellblauem Fleece trug, und sagte: »War noch schnell im Supermarkt, nachdem ich Laura abgeliefert hatte.« Dann drückte sie Max ein paar schmatzende Küsse auf die roten Bäckchen und ließ sich auf einen der Rattanstühle fallen, der unter ihrem Gewicht leise ächzte. »Und du wirst es nicht glauben, wen ich vor der Schule getroffen hab! Diese Zicke von letzter Woche, die Mutter von diesem Rambo, der Laura auf dem Spielplatz ...«

Begierig, ihren Tratsch loszuwerden, wandte sie sich ihrer Tochter zu, die ganz in sich zusammengesunken auf ihrem Stuhl saß. Im selben Augenblick wechselte ihre Mimik vom Klatschweib zur besorgten Mutter. Sie unterbrach sich, sprang auf, war mit einem Satz bei Maja, legte ihr zwei Finger unters Kinn, zwang sie, den Blick zu heben, und sah ihr in die verweinten Augen.

»Du hast wieder überhaupt nicht geschlafen, stimmt's? Ich weiß, dass er noch mal hier war. Ich hab euch bis unten gehört. Laura hat auch was mitgekriegt, sie hat mich nämlich gefragt, ob ich wüsste, um was ihr euch gestritten habt.«

»Und was hast du gesagt?«

»Nichts. Was hätt ich sagen sollen? Max«, wandte sie sich an den Jungen, während sie ihrer Tochter über die Wange strich, »ich muss mit deiner Mami in Ruhe was besprechen. Magst du Monster AG gucken, wenn du fertig mit Frühstücken bist?«

»Au ja, au ja! Schon fertig!« Mäxchen trank schnell den Becher leer, wischte sich mit dem Handrücken den Kakaobart von der Oberlippe und streckte die Ärmchen aus, damit seine Oma ihn aus seinem Hochsitz befreite. Er rannte voraus ins Wohnzimmer, knipste Fernseher und Videorekorder an, legte selbst die Kassette ein und lümmelte sich auf die rote Plüschcouch. Seine Großmutter schlüpfte aus ihrer Fleecejacke und zog sie ihm über den Schlafanzug. Er langte nach der Fernbedienung und wollte sich vor Lachen ausschütten, weil ihm der viel zu lange Ärmel vor der ausgestreckten Hand herunterhing wie eine schlaffe, kopflose Kasperlepuppe. Seine Oma krempelte ihn auf, bis die Fingerchen zum Vorschein kamen, worauf er sich ungeduldig durch das feine helle Haar zauseln und noch ein Küsschen aufdrücken ließ.

Im Hinausgehen hörte sie ihn jedoch plötzlich hinter sich sagen:

»Oma, kommt heute Papa?«

»Möchtest du denn, dass er kommt, mein Schatz?«

Der kleine Junge schüttelte entschieden den Kopf und sagte: »Nein, nein, Papa mag nicht Monster AG!«

Sie lächelte ihm zu, und einen Augenblick ruhte ihr Blick sinnend auf dem kleinen Jungen.

»Monster AG ist cool!«, setzte er noch hinzu und packte die Fernbedienung.

»Mach den Fernseher nicht so laut.«

Sie ließ die Tür angelehnt und ging zurück zu Maja. Die saß immer noch am Tisch, den Kopf in die Hände gestützt und die Finger in dem kurzen blond gesträhnten Haar vergraben.

»Was war wieder?«, fragte Gerda weich. »Was wollte er?«

Maja schaute auf. Das blasse Grün des Hausanzuges aus feinem Cord ließ ihr schmales Gesicht noch fahler wirken. Nur Lider und Nase waren rot vom Weinen, und zwischen ihren Brauen stand eine tiefe steile Falte. Gerda zog ein zerknautschtes Papiertaschentuch aus der Rocktasche und drückte es ihr in die Hand. Maja schneuzte sich heftig und gab das feuchte Taschentuch wie ein kleines Mädchen ihrer Mutter zurück. Sie räusperte sich.

»Er war wieder völlig zu«, sagte sie tonlos.

»Aber was wollte er denn mitten in der Nacht hier?«

»Dass ich ihm verzeihe.«

»Was? Gestern Nachmittag wollte er doch noch die Scheidung und die Kinder!«

»Das war gestern. Jetzt sagt er, er hätte seine Freundin verlassen und will zu uns zurückkommen.«

Gerda zuckte zusammen, starrte sie ungläubig an, dann schüttelte sie den Kopf.

»Der spinnt doch!«, sagte sie überzeugt. »Und was hast du ihm geantwortet?«

Über Majas bekümmerte Züge huschte ein feines Lächeln. »Dass er spinnt.«

Gerda lächelte breit zurück. »Und weiter?«

»Dass ich es jetzt bin, die die Scheidung will, und dass er uns endlich in Ruhe lassen soll.«

»Im Ernst?«

»Ja. Rausgeschmissen hab ich ihn.« Maja starrte ihre Mutter mit trotzig vorgeschobenem Kinn an.

»Na endlich!«

Doch schon begann Majas Unterlippe leicht zu zittern, und einen Augenblick später war es um ihre Beherrschung geschehen. Sie schlug beide Hände vors Gesicht und heulte laut auf.

Gerda legte den Arm um sie und zog Majas Kopf an ihre Schulter. Die ließ es sich schluchzend gefallen. Gerda streichelte ihr übers Haar und sagte in zuversichtlichem Ton:

»Aber das ist doch kein Grund zum Heulen! Das heißt doch, dass die Heulerei bald ein Ende hat! Gut gemacht!« Sie tätschelte Maja die Hand.

»Und wenn er mir doch das Sorgerecht wegnehmen kann? Wenn er die alte Geschichte wieder aufwärmt?«

»Mach dir keine Sorgen, damit würde er nicht durchkommen. Dir geht's doch längst wieder gut, glaub mir, der kann uns gar nichts!«

Es läutete an der Haustür.

Maja erstarrte und flüsterte entsetzt: »Und wenn er das ist?«

Gerda drückte ihr beschwichtigend die Schulter, bevor sie nachsehen ging. Auf dem Weg durch den Flur straffte sie die Wirbelsäule und zog ihr Ökoversand-Shirt über Bauch und Hintern glatt.

Angela schob die Sonnenbrille über die Stirn ins Haar. »Guten Morgen. Ist bitte Frau Baumgartner zu sprechen?«

»Um was geht's denn?«

Angela zückte ihren Dienstausweis.

»Ich bin Hauptkommissarin Angela Tendrup. Das ist mein Kollege Jens Baake.«

»Gerda Stielke. Guten Morgen.« Sie zögerte. »Meine Tochter ist ... also im Moment ... Kann ich ihr was ausrichten?«

Angela holte Luft und zwang sich, die Frau direkt anzusehen, ehe sie fortfuhr: »Dürfen wir reinkommen und persönlich mit ihr reden? Wir haben eine schlechte Nachricht, fürchte ich.«

Gerda Stielke rang nach Atem und griff nach dem Türrahmen, trat aber einen Schritt zur Seite und sagte gepresst: »Bitte.«

»Die Polizei? Was ist denn passiert, um Himmels willen?« Bleich wie ein Gespenst, Gesicht und Hals von hektischen roten Flecken übersät, stand Maja plötzlich mitten im Flur. Aus einer Tür hinter ihr lugte Mäxchen und schlich, Omas voluminöse Jacke hinter sich herschleifend, neugierig näher.

»Frau Baumgartner?«, fragte Angela, während sie sich innerlich wappnete und der Kleine mit großen Augen zu den fremden Besuchern aufblickte.

»Ja«, sagte Maja in fragendem Ton.

»Und du?« Angela beugte sich zu Mäxchen hinunter, worauf Maja sich unschlüssig nach ihm umwandte, als Gerda schon bei ihm war, ihn rasch auf den Arm nahm und ins Wohnzimmer zurückbrachte.

Angela setzte an: »Frau Baumgartner«, sie räusperte sich, ehe sie fortfuhr, »Ihr Mann ist heute Morgen tot im Carlisle Park gefunden worden.«

Maja blieb zunächst völlig reglos. Mit leicht geöffnetem Mund und ausdrucksloser Miene starrte sie Angela an, dann wanderte ihr Blick zu Baake.

»Es tut mir Leid«, setzte Angela leise hinzu.

»Wie ist das ... ist er ... ein Unfall?«, stammelte Maja.

Angela schüttelte den Kopf. »Wir wissen es noch nicht. Der erste Anschein lässt auf eine Vergiftung schließen.«

Langsam legte Maja den Kopf in den Nacken und stieß ein tiefes Stöhnen aus. Anschließend holte sie Luft wie eine Ertrinkende, und ihrer Kehle entrang sich ein Schrei. Es war ein markerschütternder Schrei, ein endloser, kaum modulierter Schrei, der den Atem nahm, das Herz zusammenkrampfte und das Trommelfell zum Zerreißen spannte, das Brüllen eines tödlich verwundeten Wildtieres.

Blinzelnd erschien der kleine Max wieder im Flur, riss den Mund sperrangelweit auf und stimmte mit lang gezogenem Jaulen in die Klage seiner Mutter ein.

Ein Schauder lief Angela über den Rücken, und sie warf Baake einen Hilfe suchenden Blick zu, der jedoch nur dastand wie eine Salzsäule.

»Frau Baumgartner«, sagte sie leise und berührte Maja an der Schulter. Sie bückte sich nach dem schreienden Max und nahm ihn auf den Arm, aber er wehrte sich, trat um sich und schrie noch mehr, so dass sie ihn wieder absetzen musste. Er krallte sich an Majas Bein fest und schmiegte das Gesicht in ihre Cordhose.

Da stürzte Gerda bereits herein, bestückt mit einem Glas Wasser und zwei kleinen Pillen, und drückte Baake beides in die Hand. Sie umschloss ihre Tochter fest mit beiden Armen und sprach erst laut, dann immer leiser auf sie ein:

»Maja, sei still! Ganz ruhig, Maja. Ist ja gut, ist ja gut, Mäxchen kriegt ja Angst, ganz ruhig, still, still ...«

Der Schrei verebbte zu einem keuchenden Wimmern.

»Nimm deine Medizin, mein Schatz, komm sei lieb ...«

Gerda nahm Baake die Tabletten aus der Hand und steckte sie Maja in den Mund. Dann setzte sie ihr das Glas an die Lippen, Maja schluckte gehorsam und lehnte sich an die Wand.

»Mama, er ist tot, Walter ist tot«, brachte sie mühsam hervor.

Gerda legte ihr den Arm um die Schultern und führte sie ins Wohnzimmer. Max, dem die Nase bis in den Mund lief, stolperte hinterher. Zögernd folgten Baake und Angela.

»Sollen wir vielleicht lieber einen Arzt holen?«, schlug Baake vor. Gerda schüttelte den Kopf. »Nicht nötig. Sie ist schon lange in Behandlung, und dieses Medikament hat der Doktor ihr für ähnliche Fälle verschrieben. Große Aufregungen sind halt nichts für sie.«

Sie bettete ihre Tochter auf die Couch, drehte den Ton am Fernseher ab, wo noch immer die Monster AG über einen Bildschirm im Megaformat tobte, und nahm ihren schniefenden Enkel auf den Arm. Maja kauerte mit versteinerter Miene in der Sofaecke.

»Mama«, sagte sie flehend, »wenn er sich umgebracht hat, dann bin ich dran schuld ...«

Gerda drückte den Kopf ihres Enkels an ihren Busen, als wollte sie ihm die Ohren zuhalten.

»Red doch keinen Unsinn, Kleines, wie kommst du denn darauf?«

Maja begann wieder zu schluchzen. »Weil ich ihm gesagt habe, dass er für immer verschwinden soll ...«, flüsterte sie.

»Wann haben Sie Ihren Mann das letzte Mal gesehen, Frau Baumgartner?«, fragte Baake.

Gerda Stielke setzte zu einer Antwort an, aber Maja gebot ihr mit einer Handbewegung Einhalt und schüttelte den Kopf.

»Er war vergangene Nacht kurz hier«, sagte Maja leise.

»Und ist dann wieder weg? Hat er das öfter gemacht?«

Maja nickte, wandte sich ab und drückte schluchzend das Gesicht in die Sofalehne.

»Frau Stielke, vielleicht sollten wir nachsehen, ob Ihr Schwiegersohn irgendwo einen Abschiedsbrief hinterlassen hat. Herr Baake begleitet Sie durchs Haus, wenn Sie möchten. Ich bleibe solange bei Ihrer Tochter.« Ohne eine Antwort abzuwarten, setzte sie sich in einen Sessel. Gerda Stielke nickte und ging voraus, Mäxchen immer noch auf dem Arm. Baake stieg hinter ihr die Betontreppe hinauf. Vom Flur im ersten Stock gingen die Kinderzimmer und das elterliche Schlafzimmer ab. Alle Türen standen offen. Mäxchens Höhle war ein einziges Chaos aus Bauklötzchen, Spielzeugautos und Plüschtieren. Mittendrin stand ein knallrotes Tretauto aus Plastik. Der Kleine fing an, auf Omas Arm zu strampeln.

»Runter! Runter! Auto fahren!«

»Ist recht. Aber im Garten. Soll Oma dir das Auto in den Garten tragen?«

Max nickte heftig, und Gerda Stielke sagte zu Baake: »Bin gleich wieder da.«

Rechts das Kind und links das Auto, ging sie die Treppe wieder hinunter, während Baake weiter das obere Stockwerk inspizierte.

In Lauras Reich herrschte mehr Ordnung. Es gab Teddybären, Barbiepuppen, ein Kasperletheater und ein paar Bücher. Auf dem mit Sonne, Mond und Sternen bemalten Holzbett thronte ihre Lieblingspuppe, ein lebensgroßes, lebensechtes Baby mit leicht geöffneten Lippen und einem dicken Windelpaket zwischen den Pummelbeinen.

Die Tür gegenüber gab den Blick auf ein großzügiges Schlafzimmer mit Fenster zum Garten frei. Es war schneeweiß möbliert und mit schreiend bunten Vorhängen und Bettbezügen dekoriert. Auch die Teppiche auf den gekalkten Holzdielen hatten wilde Hawaiimuster. Zwei Minuten später war Gerda Stielke schon wieder oben bei Baake, zog die Nachttischschubladen auf, dann die der Wäschekommode, öffnete den Kleiderschrank und griff in die Taschen verschiedener Sakkos und Jacken.

Am Ende des Flurs führte eine Milchglastür in ein großes Privatbüro. Baake ließ die Augen über den modernen Kunststoffschreibtisch mit integriertem Computerarbeitsplatz gleiten, das schnurlose Designtelefon, den Flachbildschirm, den ergonomischen Drehstuhl, den flachen Glastisch mit den drei ledernen Besuchersesseln, die niedrigen Aktenschränke an den Wänden rundum. Darüber hingen in Wechselrahmen aus Edelstahl ganzseitige Anzeigen aus Zeitungen und Magazinen, auf denen Baumgartner zu sehen war, wie er unter Palmen posiert und Großer Held schlürft. Ein Plakat im A-Null-Format nahm fast die gesamte Stirnwand ein. Baake beugte sich zu einem Sideboard, auf und über dem Dutzende von gerahmten Fotos standen und hingen, größtenteils Schnappschüsse, die am Rande der Fotosessions, auf Empfängen, Flughäfen, im Schminkraum und in Hotelbars entstanden waren und Walter Baumgartner mit verschiedenen Leuten zeigten. Auf allen trug er sein Che-Guevara-Lächeln. Auch seine beiden Kinder waren gelegentlich dabei, Maja Baumgartner jedoch nie.

Gerda Stielke trat neben Baake und schaute seufzend mit ihm auf die Bilder.

»Kennen Sie diese Leute?«, fragte er.

»Nicht alle«, erwiderte Gerda Stielke. »Das hier ist der Artdirector der Werbeagentur, und das ist der Chef von Jessen-Rum, hier ist Walter mit der ganzen Fotomannschaft, auf Jamaika, glaube ich, das hier ist im Flugzeug, sehen Sie da, da war Laura dabei, wie süß sie schläft, das Engelchen, und das hier ist unser Bürgermeister. Das war, als sie Großer Held zum ersten Mal präsentiert haben. Eine Riesenparty in der Brennerei. Da waren meine Tochter und ich auch eingeladen. Aber wir konnten nicht hingehen, weil es Maja so schlecht ging. Das war schade. Aber, na ja ...« Sie brach ab.

Baake sah Gerda Stielke forschend von der Seite an. Sie begegnete kurz seinem Blick, dann schlug sie die Augen nieder und schaute auf den Teppich.

»Es gehört sich nicht, schlecht über die Toten zu reden ... aber er war kein guter Mensch, Herr Kommissar, das können Sie mir glauben. Er hat meine Tochter sehr unglücklich gemacht.«

Sie wandte sich ab und verließ den Raum. Baake folgte ihr die Treppe hinunter. Im Parterre ging Frau Stielke weiter zu der Wendeltreppe, die in den Keller führte. Unten befand sich ein helles Souterrain mit einem breiten Fenster, in dem ein Laufband, ein großer Multitrainer und mehrere andere Fitnessgeräte standen. Auch hier waren Fotos von Walter Baumgartner über alle vier Wände verteilt. Einer offenbar erst kürzlich eingebauten kleinen Sauna entströmte ein intensiver Duft nach neuem Holz.

»Wenn er überhaupt mal zu Hause war, hat er die meiste Zeit hier unten verbracht«, sagte Frau Stielke. »Seine Figur war ihm schon immer das Wichtigste auf der Welt, aber seit er diesen Fotojob gemacht hat, hing er ständig an den Apparaten und hat eine Hungerkur nach der anderen gemacht.«

In dem Winkel hinter der Sauna türmte sich eine halbe Palettenladung Großer Held, ein ganzer Stapel in Folie eingeschweißter Großhandelsgebinde, jeweils vier Zwölferpackungen hoch und fünf breit. An einem war die Schrumpffolie aufgerissen, von der obersten Reihe fehlten ein paar Kartons. Baakes Blick glitt an den Längs- und Querkanten des Stoßes entlang, doch im Kopfrechnen war er noch nie gut gewesen. Vier mal fünf mal drei macht sechzig. Und dann vier mal vier mal sechzig minus die, die fehlen ...

»Nur getrunken hat er immer, Kalorien hin oder her!«, unterbrach Gerda Stielke seine fruchtlosen Zahlenspiele.

Auf der anderen Seite des Untergeschosses gab es noch eine Tür, die nur angelehnt war. Baake drückte dagegen und schaute in eine schmale Kammer. Durch ein vergittertes Fenster, das auf ein winziges Lichthöfchen hinausging und dessen ganze Aussicht aus einer abblätternden Zementwand und ein paar bemoosten Steinstufen bestand, fiel nur ein matter Abglanz des strahlenden Tages. In der Dämmerung erkannte Baake ein mit Weinblättern und Trauben beschnitztes Büffet, dessen voluminöse Glasvitrine voller Porzellannippes stand, einen wuchtigen Kleiderschrank und ein dazu passendes Nachtschränkchen. Baakes Blick glitt über Babyfotos, eine an die Tapete gepinnte Kinderzeichnung und ein Kruzifix. Das weiß bezogene Bett sah nach Ikea aus und war offensichtlich nachträglich zwischen das alte Mobiliar geraten. Der kleine Raum war so zugestellt, dass man sich nur auf engen Pfaden darin bewegen konnte, dennoch war auf dem abgetretenen Webteppich auch noch ein Bügelbrett aufgeklappt.

»Wo geht's da hin?«, fragte Baake und wies auf eine handtuchschmale Seitentür.

»In mein Bad«, sagte Frau Stielke ein bisschen geniert.

»Wie lange ... wohnen Sie schon hier?«, fragte Baake und hätte um ein Haar »hausen« gesagt.

»Seitdem mein Mann verstorben ist. Wir hatten einen Bauernhof in Ulstrup. Max war gerade auf der Welt, sie hatten hier das Haus gekauft und waren ziemlich am Knapsen, und dann ist Maja krank geworden, und da bin ich hierher gezogen.«

»Das haben Sie vorhin schon mal erwähnt. Was hat Maja denn?«

Gerda Stielke musterte Baake mit einem prüfenden Blick. »Sie mag es nicht, wenn man darüber spricht.« Dann gab sie sich einen Ruck. »Depressionen. Sie hatte es ziemlich schlimm, nachdem sie rausgekriegt hat, dass er immer fremdgeht. Verraten Sie aber nicht, dass ich Ihnen das gesagt habe.«

Baake machte eine Geste, die alles bedeuten konnte, und fragte angelegentlich weiter: »Was ist denn letzte Nacht vorgefallen?«

»Ich war schon im Bett, ich hab meinen Schwiegersohn nicht gesehen. Meine Tochter hat mir vorhin gesagt, er wäre betrunken gewesen, und sie hätte ihn rausgeschmissen.«

»Ist das öfter vorgekommen?«

»Dass er mitten in der Nacht besoffen hier aufgekreuzt ist, ja. Dass sie ihn an die Luft gesetzt hat, nein.« Sie sah zu Boden und fuhr leise fort: »Meine Tochter hat nie aufgehört, ihn zu lieben, egal, was er ihr angetan hat.«

Baake reichte ihr ein Kärtchen. »Rufen Sie uns bitte an, sobald Sie meinen, dass wir mit ihr sprechen können.«

Sie waren wieder im Wohnzimmer angelangt, wo Angela mit Mäxchen auf dem Sisalteppich ein Puzzle legte. Inzwischen hatte das Beruhigungsmittel seine Wirkung getan, und Maja war auf dem Sofa kurz vor dem Einschlafen.

»Ist schon eine Tragödie«, schloss Baake, nachdem er Angela auf der Rückfahrt im Auto seine Beobachtungen im Hause Baumgartner und das Gespräch mit Gerda Stielke geschildert hatte. »Zwei kleine Kinder, und die Frau psychisch total angeknackst und jetzt das!«

Angela nickte nachdenklich vor sich hin. »Tja, vorher waren die Verhältnisse ja auch nicht gerade traumhaft. Was hatte sie denn schon? Einen eitlen Gockel zum Ehemann, der sie betrogen hat und kaum daheim war, eine Oma, die den Haushalt in Gang hält und in der Dienstmädchenkammer schläft, alles in allem ein Leben, das offenbar nur unter Valium auszuhalten ist ...«

»Aber die Mutter macht einen ganz patenten Eindruck.«

Baake nahm die Schleswiger Straße und ordnete sich ein, um an der Bahnhofstraße rechts abzubiegen. Als die Ampel auf Rot sprang, hielten sie genau vor einer Plakatwand, die mit einem riesigen Bild aus vielen Bögen beklebt war, so lang wie ihr Auto. Beide betrachteten sie es durchs Beifahrerfenster.

Das Motiv gehörte in die nächste Plakatserie und war sozusagen eine Nahaufnahme des ersten. Die Palme war verschwunden, nur noch Walter Baumgartner flegelte überlebensgroß und golden gebräunt im hellgelben Sand vor einem tiefblauen Meer. Seine Pose erinnerte entfernt an Michelangelos Adam auf dem berühmten Deckengemälde in der Sixtinischen Kapelle. Nur, dass er in hochgekrempelten Hosen dalag und mit einem Lächeln zum Verlieben unter seinem ausgefransten Strohhut. Auch hielt er nicht Gott den Finger hin, um durch seine Berührung das Leben zu empfangen, sondern hatte sich quasi schon selbst bedient, denn sein glückliches, gelöstes Lächeln galt dem fläschchenbehangenen Palmenzweig in seiner Hand.

Ein wirklich verflucht attraktiver Kerl!, dachte Angela. Laut sagte sie: »Saublöde Werbung!«

Als Baake, der mit halb offenem Mund geistesabwesend auf das Plakat stierte, spürte, dass sie ihn ansah, klappte er den Mund zu, räusperte sich, zwinkerte ein paarmal und verzog das Gesicht zu einem missglückten Grinsen.

»Gepflegter Body, kann man nicht anders sagen! Und jetzt ist er hin ... Tja, so schnell kann's gehen.« Er brach ab und richtete den Blick auf die Ampel.

Es war nicht das erste Mal in der kurzen Zeit ihrer Zusammenarbeit, dass Angela zweifelte, ob er den richtigen Beruf gewählt hatte, aber in diesem Fall dachte sie es mit Sympathie.

Die Ampel wurde gelb, er setzte den Blinker rechts, legte den Gang ein und wollte in Richtung Präsidium abbiegen, als Angela fragte:

»Wo ist von hier aus die Husumer Straße?«

»Links.« Sein Daumen wies in die entgegengesetzte Richtung.

»Dann nach links!«, verfügte Angela.

»Wollen Sie etwa jetzt eine Wohnung besichtigen?« Baake bremste, blinkte links und kurvte vorschriftswidrig über die Kreuzung.

»Nein, eine Tankstelle.«

VI

An der Tankstelle herrschte normaler Betrieb. Sie war ziemlich groß, verfügte über sechs Säulenkomplexe, drei Staubsaugerplätze und zwei Luftdruckschläuche. Auch eine Waschanlage gab es, neben der Baake den Dienstwagen parkte. Das Auffälligste in dem großen Kassen- und Verkaufsraum waren die vielen Großer-Held-Plakate, vor denen sich ein Berg von Kartons voller Cuba-libre-Fläschchen auftürmte. Auf Baumgartners Tankstelle feierte sich der Chef ausgiebig selbst. Die Plakate hingen überall, an den Mauern zum Nachbargrundstück, an den Scheiben der Waschhalle, im Schaufenster und im Innenraum.

Am einen Ende der langen Theke, neben der Kasse, stand eine junge Frau, die durch ein seitliches Fenster auch die Kunden bediente, die nur ihren Sprit bezahlen wollten. Ein paar Meter weiter machte sich ein junger Mann im Imbissbereich an der Kaffeemaschine zu schaffen und räumte die Tasse des einzigen Gastes weg, der sich soeben verabschiedete. Dann drehte der Junge sich um und öffnete eine Ofenklappe aus Edelstahl, der ein dicker Duft frisch gebackener Brötchen entströmte. Angelas Nasenflügel bebten. Sie frühstückte nie mehr als schwarzen Kaffee, und jetzt kam die Zeit, zu der sie für gewöhnlich von einem Bärenhunger überfallen wurde. Schnuppernd schwang sie sich auf einen der drei hohen Hocker.

»Hallo, guten Tag, entschuldigen Sie, ist das die Tankstelle von Herrn Baumgartner?«

Der junge Mann zog ein Blech voller Brötchen aus dem Ofen und antwortete über die Schulter:

»Ja, aber wenn Sie den Chef suchen, der ist um diese Zeit nicht hier.«

»Wann ist er denn normalerweise anzutreffen?«, fragte Angela und atmete verzückt den Brötchenduft ein.

Das heiße Blech mit einem gefalteten Tuch gefasst, schüttete der junge Mann die dampfenden Brötchen in einen Korb hinter der Glastheke, dann zuckte er die Achseln. »Na ja, abgesehen davon, dass wir ständig von ihm umzingelt sind«, er lachte auf und schwenkte das karierte Tuch in einem weiten Kreis, »sehen wir ihn so gut wie nie. Eigentlich nur, wenn er selber tanken muss.«

Angela lief das Wasser im Mund zusammen, und sie schluckte hart. »Geben Sie mir bitte zwei davon!«, sagte sie, ließ ihn ein Brötchen in eine Tüte legen, nahm ihm das zweite aber aus der Hand und biss genüsslich hinein. »Ich liebe frische Brötchen ohne was drauf!«, nuschelte sie kauend und fuhr dann mit deutlicherer Aussprache fort: »Na ja, Berühmtsein kann in Arbeit ausarten, hab ich mir sagen lassen.«

Der junge Mann zwinkerte Angela verschmitzt zu. »Und wer von Beruf schön ist, hat ja auch nie Feierabend!«

Beide brachen in vergnügtes Gelächter aus, so dass Baake, der an den Zeitschriften- und Getränkeauslagen entlangschlenderte, erstaunt den Blick hob.

Als Angela vom Hocker stieg und ihr Portemonnaie zückte, erbot sich der junge Mann:

»Soll ich vielleicht was ausrichten, wenn die Chefin kommt?«

Angela lächelte, erfreut über seine Hilfsbereitschaft. »Wann kommt die gewöhnlich?«

»Gegen Abend, zum Abrechnen.«

Angela tat, als müsse sie einen Moment nachdenken, dann dankte sie dem jungen Mann freundlich, verabschiedete sich und traf sich mit Baake an der Kasse, wo sie ihre Brötchen bezahlte und er ein Lifestyle-Magazin für fitte Männer kaufte.

VII

Baake wollte von der Rathausstraße aus in den Parkplatz des Polizeipräsidiums einbiegen, als ihm ein ziviler Polizeiwagen entgegenkam, gefolgt von einer dunklen Limousine.

»Hoher Besuch!« Baake pfiff durch die Zähne, bremste und gewährte den beiden Fahrzeugen die Vorfahrt. Angela sah das Kieler Kennzeichen des vorderen Wagens und erkannte im nächsten Augenblick den Mann, der im Fond telefonierte. Torsten Zamzow trug zwar inzwischen eine Brille, klemmte aber wie früher die mittellange gepflegte Mähne hinters Ohr und bewegte beim Sprechen mit einem unverwechselbaren Mahlen die Kinnlade. Er glitt vorüber, ohne sie zu sehen.

»Der neben dem Polizeipräsidenten, das war der Oberbürgermeister!«, erklärte Baake beflissen und nicht ohne Ehrfurcht, als sie hinter der Limousine langsam auf den Parkhof rollten, und Angela ärgerte sich, dass sie die VIP-Kutsche im Vorbeifahren nicht eines einzigen Blickes gewürdigt hatte und jetzt nur mehr die Hinterköpfe der Insassen durch die getönte Scheibe ahnen konnte. Noch viel mehr ärgerte sie sich allerdings über ihren beschleunigten Herzschlag und wünschte sich plötzlich nichts sehnlicher, als die Tür zu ihrem Dienstzimmer hinter sich zumachen zu können.

Sobald sie auf ihrer Etage aus dem Fahrstuhl stiegen, befahl sie kurz angebunden: »Kümmern Sie sich bitte um den Bericht, Herr Baake. Und wenn Sie was von Frau Dr. Kolle hören, sagen Sie mir sofort Bescheid!« und verschwand in ihrem Büro.

Baake, leicht verdutzt über den hastigen Abschied, kratzte sich im Nacken und dachte an seinen Entschluss, sich von den manchmal verwirrenden Reaktionen seiner Sachgebietsleiterin nicht immer wieder ins Bockshorn jagen zu lassen.

Angela warf ihre Jeansjacke über den Besucherstuhl und ließ sich hinter dem Schreibtisch in den Drehsessel fallen. Sie drückte den Rechner an und sah rasch die Anrufliste auf dem Telefondisplay durch, während er hochfuhr. Dann rief sie das Mailprogramm auf und überflog ihre elektronische Post, bevor sie sich mit einem abgründigen Seufzer auf ihrem Sitz räkelte und es sich mit im Nacken verschränkten Händen bequem machte.

Genau gegenüber hing in einem schmalen grünen Holzrahmen ein Poster an der Wand, ein Geschenk von Torsten Zamzow, das seit Jahren in jedem ihrer Büros einen Logenplatz innehatte. Es war eine Fotografie von einem Paar, frisiert und gekleidet nach der Mode des ausgehenden neunzehnten Jahrhunderts, das vor einem Gemälde stand. Der Blick der jungen Frau hing gebannt am belehrenden Zeigefinger des Gatten, und seiner Geste war klar zu entnehmen, dass er im Begriff stand, seinem hingebungsvoll lauschenden Frauchen die Gnade der Bildung zuteil werden zu lassen. Die Abbildung illustrierte den Text:

Es gibt zwei Grundwahrheiten:

1. Männer sind klüger als Frauen.

2. Die Erde ist eine Scheibe.

Sie grinste. Das Bild schmückte ihre Wand keineswegs aus Nostalgie, sondern weil sie es für einen wirklich gelungenen Witz hielt. Tatsächlich hatte sie an die Widmung auf der Rückseite jahrelang nicht gedacht. Jetzt allerdings schien die mit Kugelschreiber in Torstens kleiner spitziger Handschrift geschriebene Zeile *Für Smartie, alles Liebe zum Geburtstag, dein Toto* in hundertfacher Vergrößerung durch das Papier zu leuchten.

Ihre Geschichte lag schon lange zurück und hatte nur zwei kurze Phasen gedauert. Es war nicht so sehr die Erinnerung an die gemeinsame Zeit als vielmehr die Erinnerung daran, wie wahnsinnig verliebt sie in ihn gewesen war, die dieses Unbehagen auslöste, dieses leicht ziehende Gefühl, wie eine schwache Reminiszenz längst verebbter Schmerzen.

Sie wandte sich ihrem Bildschirm zu, klickte sich ins Intranet der Behörde und weiter zum Landeskriminalamt Schleswig-Holstein in Kiel. Nicht lange, und sie hatte herausgefunden, dass Torsten Zamzow drei Monate zuvor die Leitung der Abteilung Organisierte Kriminalität übertragen worden war. Ein Foto gab es auch: die intelligenten Augen, das hinter die Ohren gestrichene glänzende Haar, der quadratische Unterkiefer – nur die schmale Brille war ungewohnt.

Zum ersten Mal waren sie sich begegnet, als er, aus Kiel stammend, während seines Jurastudiums in Hamburg ein sechswöchiges Praktikum bei ihrer damaligen Dienststelle an der Davidswache machte. Praktikanten wurden für gewöhnlich sorgfältig betreut, und im Fall des angehenden Staatsanwalts Zamzow war auch die junge Kriminalhauptmeisterin Angela Tendrup eingeteilt worden, ihm einen kurzen Überblick über die Arbeit ihres Bereichs zu geben und ihm zwei oder drei Tage für weitere Informationen zur Verfügung zu stehen. Bereits die erste zweistündige Einführung hatte in ein Mittagessen mit zwei Flaschen Rotwein gemündet, und am übernächsten Abend waren sie in dem möblierten Einzimmerappartement, das sie seinerzeit bewohnte, übereinander hergefallen. Als er an die Universität zurückging, hatte er ihr gestanden, dass er in Wahrheit in festen Händen sei, und sie hatte wehmütig Abschied genommen und sich monatelang an die Stelle seiner Freundin geträumt.

Ein gutes Jahr später, kurz vor ihrer Beförderung zur Kriminalkommissarin, schickte man sie im Zuge ihres Einarbeitungsplanes zu einem mehrwöchigen Seminar, über Polizeiliches Management an die Führungsakademie der deutschen Polizei in Hiltrup/Westfalen. Sie hatte das Angebot voller Tatendrang in Angriff genommen und war ehrgeizig bemüht, aus dem Ausbildungsangebot den größtmöglichen Nutzen zu ziehen, als ihr auf dem Korridor der Akademie unvermittelt Torsten Zamzow über den Weg lief. Ihre Begrüßung war überschwänglich und führte zu einer übergangslosen Wiederaufnahme ihrer früheren Beziehung. Er hatte bald nach seinem damaligen Schnupperkurs im Kriminalistenalltag beschlossen, in den Polizeidienst zu treten. Nach dem Vordiplom ging er von der Hamburger Juristenfakultät nach Hiltrup, Fachbereich I, Führung und Organisation. Hier stand er gerade jetzt kurz vor dem Abschluss.

Angela war im siebten Himmel. Sie schmiedete Zukunftspläne, half ihm, neben ihren vielen Seminarstunden, und fühlte sich glücklich, wenn er sich über die Ergebnisse ihrer nächtelangen Recherchen freute. An seiner vielfach gelobten Examensarbeit Ermittlungen bei Produkterpressungsfällen hatte sie entscheidenden Anteil. Er bestand seine Prüfung mit Auszeichnung. Alle seine Kommilitonen, die an diesem Tag ihre Entlassung feierten, fanden in ihren Abschiedsreden freundliche, höfliche, erleichterte oder gemütvolle Worte, mit denen sie dem einen oder der anderen für die hilfreiche Unterstützung oder den motivierenden Zuspruch dankten. Nicht so Torsten Zamzow. Er sprach nur von der Befriedigung, die er nach harter, aber erfolgreich abgeschlossener Arbeit empfand, und legte selbstbewusst seine Erwartungen an die Zukunft dar. Sie hatte sich ein traumhaftes Kleid für die Abschlussparty gekauft, doch als sie ihn nach langer Suche in dem Gewimmel endlich fand, musste sie dreimal hinsehen, bis sie ihn erkannte, so war er in ein Mädchen verknotet, von der sie nur wusste, dass sie die Tochter eines höheren BKA-Beamten war. Torsten ließ Angela fallen wie eine heiße Kartoffel und trat wenig später eine Stelle als Kriminalrat bei einer BKA-Anti-Terror-Einheit in Meckenheim bei Bonn an.

Das war das Ende.

Was folgte, war die schwärzeste Zeit ihres Lebens. Sie stürzte sich in die Arbeit, betäubte ihr gebrochenes Herz mit fieberhafter Aktivität und versuchte, ihrem wunden Selbstwertgefühl mit beruflichen Erfolgen Linderung zu verschaffen. Sie beantragte und erreichte die Übernahme in den Polizeidienst von Schleswig-Holstein und arbeitete in Kiel. In diesem schwachen Moment traf sie der Tod ihres Vaters wie ein Keulenschlag.

Das Pochen an der Tür holte sie zurück in die Gegenwart.

Ein paar Sekunden geschah gar nichts, dann bewegte sich zögerlich die Klinke.

»Herein!« Sie wurde stockstarr.

Ganz langsam ging die Tür auf, und zu ihrer Verblüffung erschien Kriminalmeister Baakes Hintern, der sich rückwärts ins Zimmer schob. Baake drehte sich in Zeitlupe um und steuerte mit konzentriertem Blick auf Angelas Schreibtisch zu, in jeder Hand einen schwappenden Becher Kaffee. Aufatmend setzte er sie ab, nahm lächelnd Zuckertütchen, Milchdöschen und Löffel aus der Hemdtasche und breitete alles vor Angela aus, als diese unvermittelt aus vollem Hals zu lachen anfing. Baake hatte seiner Chefin mit dem Kaffee zwar durchaus einen Gefallen tun wollen, dass er sie damit so überglücklich gemacht haben sollte, irritierte ihn aber jetzt doch. Sein Lächeln verrutschte zu einem schiefen Grinsen. Er ahnte nichts von dem dunklen Brunnen der Vergangenheit, aus dem er Angela befreit hatte, und sie war ihm unendlich dankbar, auch wenn er gar nichts dafür konnte.

»Das ist riesig nett von Ihnen«, sagte sie herzlich und wies ihm einen Stuhl. Noch immer etwas konsterniert ließ er sich nieder, fuhr aber sofort wieder hoch, griff in die Gesäßtasche seiner Jeans und zog ein Blatt Papier heraus, das er umständlich entfaltete und glatt strich, ehe er es ihr hinhielt.

»Baumgartners letzte Telefonkontakte.«

Sie überflog die Liste. »Darum kümmern wir uns, sobald die Todesursache feststeht.«

»Bis dahin könnten wir noch ein bisschen Wohnung suchen, wollen wir?«, schlug er vor, während er in seinem Kaffee herumrührte.

»Warum nicht?«, lächelte Angela, prostete ihm mit dem

Kaffeebecher zu und schlürfte genüsslich. »Aah«, machte sie zufrieden, »das tut jetzt richtig gut!«

Baake fing wieder an, ihr von der netten, ruhigen Gegend vorzuschwärmen, in der er lebte, wenn sie nur nicht auf einen Altbau bestehen würde, sie sollte doch nur mal die Heizkosten bedenken, außerdem wohnten dort etliche Kollegen mit ihren Familien ...

Angela dachte: Um Gottes willen!, aber sie verdrehte nur die Augen und beschloss, ihn zum Dank für den Kaffee wenigstens schwatzen zu lassen, bis er ausgetrunken hatte, während sie ihre Gedanken schweifen ließ, die sich immer wieder um die Frage drehten, was zum Teufel Torsten Zamzow hier zu suchen hatte.

VIII

Zur selben Zeit nahm Kriminaldirektor Torsten Zamzow zwei Stockwerke über ihr im Sitzungszimmer der Chefetage Platz, klemmte seine glatte Mähne hinters Ohr, rückte die Brille zurecht und blickte ernsthaft in eine illustre Runde angespannter Gesichter.

Polizeipräsident Heller, ein ernsthafter schnauzbärtiger Mann und überzeugter Sozialdemokrat, führte den Vorsitz und sprach ein paar einleitende Worte. Er begrüßte Bürgermeister Tondorf und den Rumfabrikanten Jessen, hieß die Landtagsabgeordnete Gudrun Laßleben als neues Mitglied des geheimen Krisenstabes willkommen und dankte Kriminaldirektor Torsten Zamzow vom Landeskriminalamt Schleswig-Holstein im Namen der kleinen Versammlung erneut für seine tatkräftigen Recherchen in dieser leidigen Angelegenheit, der er, da seien sie alle zuversichtlich, bald ein Ende setzen würde. Er mahnte noch einmal eindringlich, dass nichts von dem, was in diesem Raum gesprochen würde, nach außen dringen dürfe, und bat, eine Klarsichtmappe mit einigen E-Mail-Ausdrucken herumzureichen, damit jeder Einsicht nehmen könne. Dann begann er mit einer zusammenfassenden Darstellung der heiklen Situation.

Kriminaldirektor Torsten Zamzow war ein akademischer

Ermittler, der alles gelesen hatte, was je über die Aufdeckungsarbeit von Kapitalverbrechen geschrieben wurde. Zwar verfügte er kaum über eigene praktische Erfahrung, doch erlaubten ihm sein ausgezeichnetes Gedächtnis und sein wendiger Verstand, jederzeit auf einen umfangreichen theoretischen Fundus zurückzugreifen. Zudem war er ein guter Zuhörer mit einem schnellen, sicheren Gespür für die Strickart seines jeweiligen Gegenübers. Er quittierte die schmeichelhaften Begrüßungsworte des Polizeipräsidenten nur mit der Andeutung eines huldvollen Lächelns, während er, solange Heller sprach, mit konzentrierter Miene die hellwachen Augen um den Tisch wandern ließ, alles registrierte und seine Eindrücke ordnete.

Ihm direkt gegenüber saß Peter Jessen, Vorstandsvorsitzender und Hauptaktionär der gleichnamigen Rumdestille, und stützte den knochigen, von einem schütteren roten Haarkranz umgebenen Schädel sorgenvoll in die Hände. Er hatte allen Grund, bedrückt in die Zukunft zu blicken. Die Flensburger Rumfabrik Jessen AG, vor zwanzig Jahren vom Familienbetrieb in eine Aktiengesellschaft umgewandelt, stellte seit einhundertfünfzig Jahren und bereits in der achten Generation Rum her. Schon zu Zeiten, als Flensburg noch dänisch und Dänemark Kolonialmacht war, hatte man das hochprozentige Getränk von den Jungferninseln aus Dänisch-Westindien geholt. Auf St. Croix, St. Thomas und St. John ließ man von Sklaven das Zuckerrohr anbauen und schaffte die vergorene Melasse in großen Fässern auf Schiffen herbei, die unter dem besonderen Schutz der Danebrog, der neutralen dänischen Flagge, segelten. Ende des neunzehnten Jahrhunderts widmeten sich allein in Flensburg fast zweihundert Fabriken der Veredelung des hochprozentigen Getränks, das mit Pflanzenelixieren aus streng gehüteten Rezepturen vermischt und mit dem hervorragenden Flensburger Tiefwasser auf Trinkstärke herabgesetzt wurde. Die meisten Manufakturen waren in den letzten dreißig Jahren verschwunden, eingegangen oder von der mittelamerikanischen Konkurrenz geschluckt worden. Die übrigen hatte Peter Jessens Vater auf Betreiben seines dynamischen Juniors aufgekauft und war an die Börse gegangen. Als einer der letzten großen Rumfabrikanten, dessen Ahnen den weltweiten Ruf Flensburgs als Rumstadt mitbegründet hatten, fühlte sich Peter Jessen nicht nur der Tradition verpflichtet, sondern auch dem alteingesessenen Unternehmen innig verbunden, weshalb ihn der anhaltende finanzielle Engpass, in den die Firma einige Jahre zuvor geraten war, um Jahre hatte altern lassen, wie er gern behauptete. Doch dann hatte eine geniale Geschäftsidee das Ruder herumgerissen, man segelte wieder mit Rückenwind, verdiente Geld, und der Aktienkurs entwickelte sich entgegen der allgemeinen Tendenz mehr als positiv. Inzwischen lag Jessen sogar ein vielversprechendes Kaufangebot eines großen kanadischen Spirituosenkonzerns vor, das er mit neu erwachtem Selbstbewusstsein prüfte. Auch Bacardi aus Puerto Rico und ein belgisches Brauerei-Konglomerat hatten Interesse signalisiert. Trotz der zu erwartenden Marktschwankungen, denen die Branche infolge der Senkung der dänischen Alkoholsteuer einerseits und der gelockerten Zollbestimmungen andererseits unausweichlich unterworfen sein würde, hätte der stresserprobte, abgefeimte Manager Peter Jessen also mit Gelassenheit nach vorn blicken können.

Doch als vor zwei Wochen die erste Erpressernachricht eintraf, war ihm der Schrecken bis ins Mark gefahren. Per

E-Mail verlangte eine selbst ernannte »Liga zum Jugendschutz vor Alkohol« die Einstellung der Produktion, die Vernichtung der Reserve und zur Strafe zwei Millionen Euro. Die Liga drohte, andernfalls das meistverkaufte Produkt des Hauses zu vergiften. Vom ersten Schock erholt, beschloss er, dem Schreiben keine allzu große Bedeutung beizumessen, und hatte es auch schon fast vergessen, als drei Tage später eine weitere E-Mail mit den gleichen Drohungen, aber genauen Instruktionen kam, wo markierte, aber noch nicht vergiftete Flaschen zu finden seien. In kurzen Abständen trafen dann noch zwei weitere Mails ein, in denen die »Liga« die Ernsthaftigkeit ihres Vorhabens bekräftigte und warnte, ihre Drohung umgehend in die Tat umzusetzen, falls die Polizei eingeschaltet würde.

Jessen ärgerte sich besonders über den moralischen Anspruch der »Liga«. Gerade die Diskussion um die so genannten Alcopops, 0,2 Literflaschen süßer Limonade mit viel, aber nicht durchschmeckendem Alkohol, hatten ihn und seinen Sohn, der in Hamburg studierte, auf die Idee gebracht, kleine 4-cl-Fläschchen zu kreieren, deren Inhalt 50/50 aus Alkohol und Cola bestand und praktisch in einem Schluck ausgetrunken werden sollten.

Ihre scheinheilige Argumentation, »Pfui, ihr verführerischen Alcopops! Unser Getränk schmeckt nach Rum, aber wie!«, ließ die Jugendlichen umsteigen und ihre Kasse klingeln wie noch nie. Das verriet er aber keinem, war allerdings in der Branche bekannt und hatte den Aktienpreis in die enorme Höhe gebeamt. Da durfte jetzt nichts passieren, sonst fiel der Kurs ins Bodenlose, und die erwartete Übernahme aus Kanada brachte ihm nichts.

Zwei schlaflose Nächte später wusste Peter Jessen sich

keinen besseren Rat, als seinen besten Freund Jan Tondorf ins Vertrauen zu ziehen.

Jan Tondorf war Bürgermeister der Stadt. Er war Mitte fünfzig, grauhaarig, mit einer Dänin verheiratet, was ihm unter den Dänen der Region einen Großteil der Wählerstimmen sicherte, und hatte in den fast zehn Jahren, die er sein Amt bereits bekleidete, ziemlich viel Fett angesetzt. Peter Jessen und er waren seit frühester Kindheit dicke Freunde, und beide hatten sie es mit gegenseitiger Hilfestellung bis in die gesellschaftliche Sahneschicht der Stadt geschafft. Sie sahen sich zwar nicht mehr so oft wie früher, gingen samstags schon längst nicht mehr kegeln und aßen weniger Labskaus, stattdessen trafen sie sich gelegentlich auf dem Golfplatz oder im einzigen Nobelrestaurant der Stadt.

Tondorf hatte Jessen aufmerksam zugehört, die Erpresserschreiben gelesen und seinem Freund nachdrücklich geraten, sich vorerst den Anschein zu geben, als wolle er auf die Forderung eingehen. Doch fühlte sich auch Tondorf von der Situation überfordert, und der Gedanke an die Konsequenzen, sollte es zu einer Gesundheitsgefährdung der Stadtbewohner kommen, jagte ihm eine Heidenangst ein. Darum erbot er sich, seinerseits unter dem Siegel der Verschwiegenheit die Meinung eines Vertrauten einzuholen, eines alten Freundes, der in leitender Stellung im Landeskriminalamt Schleswig-Holstein in Kiel saß. Dieser wiederum beschwichtigte ihn freundschaftlich und versprach, unter Wahrung der strengsten Geheimhaltung einen kompetenten jungen Kriminalbeamten zu entsenden, der bei der Aufklärung dieser unguten Geschichte wertvolle Unterstützung leisten könnte. Noch am selben Nachmittag setzte sich Kriminaldirektor

Zamzow mit ihnen ins Benehmen, und man nahm auch den Flensburger Polizeipräsidenten Heller mit ins Boot und beim Wort. »Schweigen!«

Gleich nach seiner Ankunft krempelte Zamzow die Ärmel hoch und schritt zur Tat. Im Handumdrehen hatte er die Geldtransaktion organisiert und sich selbst todesmutig als Überbringer zur Verfügung gestellt, jedoch vor lauter Geheimniskrämerei die beteiligten Beamten nicht richtig gebrieft. Woran das Ganze letztlich gescheitert war, ließ sich nie endgültig klären, Tatsache war, dass die Liga unmittelbar vor der Übergabe der Geldtasche Lunte gerochen und rechtzeitig die Flucht ergriffen hatte.

In ihrer bisher letzten, am Vortag eingetroffenen Nachricht äußerte die Liga ihre Enttäuschung darüber, dass ihre Warnung für den Fall, dass die Polizei eingeschaltet würde, offenbar in den Wind geschlagen worden sei, weshalb sie also jetzt zum letzten Mal einen mit einem roten Kreuz markierten Karton mit manipulierten Großer-Held-Fläschchen deponieren würden. Danach werde rigoros vergiftet, die Öffentlichkeit informiert und in Panik versetzt.

Zamzow, ungeschlagener Meister im Delegieren, hatte die geheime Flensburger Mission als Beweis für das Vertrauen gewertet, das seine Vorgesetzten in seine Fähigkeiten setzten, und war um gute zehn Zentimeter gewachsen. Allerdings entdeckte er allmählich auch die Kehrseite der Medaille, nämlich, dass Dinge, von denen niemand sonst wissen sollte, auch von niemandem sonst erledigt werden konnten. Er machte sich also höchstpersönlich auf den Weg zu dem angegebenen Supermarkt und fand tatsächlich an der bezeichneten Stelle wieder einen Karton Großer Held, auf den mit rotem Filzstift ein Kreuz gemalt war. Er hatte die Flaschen eigenhändig dem Polizeichemiker übergeben, verlangt, der Untersuchung höchste Priorität einzuräumen, und den Präsidenten gebeten, den geheimen Krisenstab einzuberufen, damit man sich ohne Verzögerung über das weitere Vorgehen abstimmen konnte, sobald Klarheit über den Inhalt der Fläschchen bestand.

Als Heller sein weitschweifiges Resümee beendet hatte, das er besonders ausführlich gestaltete, um Frau Laßleben über die Einzelheiten aufs Laufende zu bringen, entstand eine Pause, in der man die allgemeine Nervosität förmlich knistern hörte. Frau Laßleben, in deren Wahlbezirk die Jessen Rum-AG lag, war Landtagsabgeordnete in Kiel, aber auch Tourismusstaatssekretärin im Wirtschaftsministerium und neu im Krisenstab. Wenn die im Labor die anvisierte Zeit einhielten, mussten sie fast fertig sein.

Jessen sah auf die Uhr.

Tondorf sah auf die Uhr.

Heller sah auf die Uhr und wandte sich Hilfe suchend an Zamzow: »Auch wenn wir bezüglich des Wahrheitsgehalts der letzten Erpresserdrohung noch keine definitive Sicherheit haben, könnten Sie uns vielleicht trotzdem, sozusagen ins Unreine, Ihre Einschätzung der Ereignisse geben.«

Zamzow räusperte sich und lächelte verbindlich. Er hielt leidenschaftlich gern Vorträge, wobei es nie ein Problem für ihn darstellte, ob es viel zu sagen gab oder nicht. Wenn nicht, setzte er seinen ganzen Ehrgeiz hinein, den Mangel an Inhalt durch möglichst griffige Formulierungen wettzumachen. Er schob seinen Stuhl ein Stückchen zurück, strich sich das Haar hinters Ohr, legte die ausgestreckten Handflächen flach auf die Tischplatte und begann:

»Nun, es ist sicher richtig, derartige Drohungen niemals auf die leichte Schulter zu nehmen. Statistisch gesehen handelt es sich bei dieser Art von Drohungen allerdings fast immer um Blindgänger. Um Wichtigtuer, die nie eine ernsthafte Aktion geplant haben. Die wenigsten Produkterpressungen gelangen darum überhaupt an die Öffentlichkeit.« Er lehnte sich zurück, strich sich das Haar hinters Ohr und verschränkte die Arme. »In diesem Fall haben die Erpresser für die Übermittlung ihrer Nachrichten den elektronischen Weg gewählt, was es besonders schwierig macht, die Herkunft festzustellen, vor allem, wenn der Absender dies verhindern will. Wir haben einen sehr fähigen jungen Web-Spezialisten drangesetzt, und ich rechne bald mit ersten Erfolgen. Davon unabhängig, haben wir unsere Überprüfung auf bestimmte Personenkreise konzentriert, in erster Linie auf frühere Mitarbeiter der Firma Jessen.« Er nickte Peter Jessen zu, unter dessen linkem Unterlid ein kleiner nervöser Muskel zuckte, und sprach weiter: »Um dem Urheber auf die Spur zu kommen, halte ich auch eine exakte Analyse des verwendeten Vokabulars für nützlich, was möglicherweise Hinweise auf die Person geben könnte, die die Texte formuliert hat ...« Er griff nach der Klarsichthülle, legte sie aber, als er bemerkte, dass sie leer war, wieder hin und ließ den Blick suchend über den Tisch gleiten. »Wenn ich vielleicht noch mal eben die Mails haben könnte ...«

Aller Augen schweiften über den Tisch und fixierten schließlich die Landtagsabgeordnete Gudrun Laßleben. Die dralle, leuchtend rot gefärbte Endvierzigerin war offensichtlich nicht bei der Sache. Zerstreut sah sie zum

Fenster hinaus, während sie sich mit ein paar bedruckten Seiten Kühlung zufächelte.

»Äh, Verzeihung, Frau Laßleben«, sagte Heller, »Herr Zamzow hätte gern die Mails.«

Gudrun Laßleben sah ihn verständnislos an.

»Die Erpresserschreiben, bitte. Sie benutzen sie als Fächer!«

Sie ließ die Papiere fallen, als habe sie sich die Finger daran verbrannt, lächelte entschuldigend in die Runde und reichte die wieder ordentlich übereinander gelegten Seiten an Zamzow weiter. Der nahm sie zwar entgegen, hatte aber seinen Faden verloren und sah jetzt auch ungeduldig auf die Uhr.

»Nun, wenn denen im Labor nichts dazwischen gekommen ist, könnte das Resultat jetzt wirklich mal langsam ...«

Frau Laßleben gab sich plötzlich einen Ruck und stand auf. »Entschuldigen Sie mich bitte kurz, ich fürchte, ich bin hier die einzige Süchtige ... aber ich muss jetzt wirklich mal eine Zigarette rauchen!«

»Warten Sie, laufen Sie jetzt nicht weg«, hielt Heller sie auf, griff in die Schublade eines Schränkchens und schob ihr einen Aschenbecher über den Tisch. »Tun Sie meinetwegen hier, was Sie nicht lassen können.«

Frau Laßleben kam jeglichem Widerspruch zuvor, zündete sich spornstreichs eine Zigarette an und inhalierte, die Augen zur Decke gerichtet, voller Genugtuung den Rauch. Daraufhin tauchte Jessen aus seinem Zustand der Versunkenheit auf, sah Frau Laßleben missbilligend an, marschierte wortlos zum Fenster und riss es sperrangelweit auf. Sie ignorierte seine Protestaktion. Da Heller und Zamzow sich in einen regen Meinungsaustausch bezüglich der Fähigkeiten der hauseigenen Informatikabteilung verstrickt hatten, wandte sie sich, ihrerseits auf der Suche nach einem Gesprächspartner zur Überbrückung der Wartezeit, ausgerechnet an Peter Jessen. Blaue Wölkchen ausstoßend fragte sie leichthin:

»Na, Herr Jessen, wie stehen die Aktien?«

Jessen bedachte sie mit einem bitterbösen Blick. »Schauen Sie in die Börsennotizen! Das ist für mich kein Smalltalk-Thema«, gab er bissig zurück.

»War nicht so gemeint, ist nur eine Floskel.« Sie versuchte, zerknirscht auszusehen, und sagte schnell: »Ich meine doch, wie es mit Ihren Verkaufsverhandlungen aussieht?«

Auch damit hatte sie kein gutes Thema angeschnitten, doch Peter Jessen beherrschte sich und erwiderte so ruhig wie möglich:

»So lange die Aktien stehen, wie sie stehen, könnten wir natürlich gut verkaufen. Allerdings habe ich noch keine feste Zusage.«

Als in Peter Jessens Jacketttasche das Handy klingelte, hätte er nicht sagen können, welches Gefühl stärker war, die Furcht vor weiteren schlechten Nachrichten oder die Erleichterung, dem Gespräch mit Frau Laßleben zu entkommen. Er nahm den Anruf entgegen und wurde Sekunden später aschfahl.

»Was? ... ich weiß im Moment nicht, wie ...« Er ließ das Handy auf die Tischplatte sinken: »Schon wieder eine Mail!«

Zamzow blickte auf und schaltete sofort. Er griff unter seinen Stuhl, schwang die Tragetasche mit seinem Notebook auf den Tisch und fragte: »Kann ich den hier irgendwo einstöpseln?«

Heller wies auf eine Telefonbuchse.

Zamzow kritzelte eine E-Mail-Adresse auf einen Zettel und schob ihn zu Jessen hinüber.

»Lassen Sie sie dahin weiterleiten.«

Jessen diktierte seiner Sekretärin die Adresse, während Zamzow im Handumdrehen die Reißverschlüsse geöffnet, den Computer mit dem Telefonnetz verbunden und eingeschaltet hatte.

Alle standen auf und näherten sich dem Bildschirm. Frau Laßleben steckte sich hastig noch eine Zigarette an, und Jessen ließ sich den Qualm ins Gesicht blasen, ohne es überhaupt wahrzunehmen. Atemlos sahen sie zu, wie Zamzow sich ins Internet einloggte und die Abfrageroutine seiner elektronischen Mailbox in Gang setzte.

Kaum hatte er die neue Nachricht angeklickt, las Heller sie laut vor:

»Die Liga zum Schutz vor Jugendalkoholismus gibt bekannt! Jetzt haben Sie sicher den Karton mit dem roten Kreuz gefunden. Herzlichen Glückwunsch! Sparen Sie sich die Mühe, den Schnaps untersuchen zu lassen. In diesen Fläschchen ist kein Gift. Sie sollten nur sehen, dass wir Wort halten. Gestern Abend haben wir einen Karton in Umlauf gebracht, in dem nicht nur Nieten sind. Sie erhalten in Kürze genaue Instruktionen, wie und durch wen das Geld übergeben werden soll. Wegen Ihrer Mätzchen ist der Preis inzwischen auf drei Millionen Euro gestiegen. In Fünfzigern, wie gehabt. Wenn Sie zahlen, erfahren Sie, wo der scharfe Karton Großer Held ist. Wenn nicht, wird die Katastrophe nicht mehr aufzuhalten sein.«

»Angeber!«, rief der Kriminaldirektor.

»Das ist ja unerhört!«, schimpfte der Bürgermeister.

»Du lieber Himmel!«, stöhnte der Rumfabrikant.

»Was für ein übles Gesocks!«, ereiferte sich die Landtagsabgeordnete.

»Wir kriegen euch schon!«, drohte der Polizeipräsident.

Alle zeterten durcheinander, und niemand hörte das Klopfen an der Tür. Erst als der Mann im weißen Kittel höflich hüstelnd plötzlich mitten im Zimmer stand, hielten sie überrascht inne. Verschüchtert von dem aufgebrachten Geschrei drückte er den Großer-Held-Karton an sich, auf dem in einem angeklebten Umschlag der Untersuchungsbericht lag.

»Frau Dr. Kolle sagt, Sie warten drauf. Sie hat mich direkt hierher geschickt«, sagte er.

Zamzow fasste sich als Erster, dankte dem Polizeichemiker, nahm ihm den Karton ab und stellte ihn auf den Tisch. Den Umschlag mit den Ergebnissen würdigte er keines Blickes.

»Kein Gift drin, stimmt's?«

Verdutzt schüttelte der Labormitarbeiter den Kopf. »Wieso wissen Sie das schon?«

Zamzow grinste nur breit und hielt dem Chemiker die Tür auf.

Während Gudrun Laßleben sich aufatmend eine neue Zigarette anzündete, griff Jessen mit zitternder Hand nach dem Umschlag und zog den Analysebericht heraus. Verständnislos schaute er auf die vielen Zahlenwerte und Abkürzungen und hielt ihn dann Zamzow hin.

»Bestimmt kein Gift?«

Zamzow nahm das Blatt zwar entgegen, legte es aber unbesehen zur Seite.

»Natürlich nicht!«, sagte er. »Ich bin der festen Überzeugung, dass diese Erpresser Spinner sind und wir nicht wirklich etwas zu befürchten haben. Und Sie, Herr Jessen, möchte ich wirklich bitten, nicht sich und alle Welt verrückt zu machen!«, setzte er ungnädig hinzu.

Der Polizeipräsident erklärte die Sitzung für vorläufig geschlossen und verabschiedete die anderen mit der dringenden Bitte, sich auf Abruf bereitzuhalten, damit man sich rasch wieder zusammentelefonieren konnte, wenn die Erpresser sich das nächste Mal meldeten.

Jan Tondorf, der sah, dass sein Freund Peter Jessen einem Herzinfarkt nah war, klopfte ihm im Hinausgehen auf die Schulter und schlug vor, sich in der nächsten Kneipe einen für die Nerven zu genehmigen, was Jessen dankbar akzeptierte.

Frau Laßleben hatte einen kleinen Klappspiegel aus der Tasche genommen und zog sich die Lippen nach. Dann stand sie auf, hüllte ihre üppige Figur in ein Schultertuch aus weinroter Rohseide, tippte eine Nummer auf ihrem Handy ein und hielt es ans Ohr, während sie das Tuch zurechtzupfte und zur Tür schlenderte.

»Hi, Rölfchen, ich bin's«, gurrte sie. »Bin gerade ganz in deiner Nähe und hab ein bisschen Zeit. Okay, wenn ich auf einen Sprung vorbeikomme?«

Die Antwort fiel offenbar positiv aus, denn sie hauchte einen Kuss ins Telefon und verließ beschwingt den Raum.

Zamzow hatte Hellers Angebot, sein Büro zu benutzen, falls er Anrufe oder sonst was zu erledigen habe, dankend abgelehnt, er sei schon bestens versorgt, denn wo immer er seinen Computer einstöpsele, habe er sein Büro. Er liebte diesen Spruch und brachte ihn an, sooft er konnte. So blieb er im Besprechungszimmer vor seinem Notebook sitzen, telefonierte mit dem Informatiker, der die Herkunftsrecherche bearbeitete, um ihm schnellstmöglichen

Zugriff auf die neue Nachricht zu geben, studierte ein paar Zahlenreihen und notierte ein paar Gedanken.

Er blickte überrascht auf, als der Chemiker aus dem Polizeilabor noch einmal den Kopf hereinsteckte.

»Ein Glück, dass ich Sie noch antreffe! Wir haben noch mehr von dieser Rummixtur ins Labor bekommen. Das Fläschchen ist bei einem gefunden worden, der heute Morgen tot im Park lag. Ich dachte, da das Ganze ja diskret behandelt werden soll, sage ich's Ihnen lieber selbst ...«

Blitzartig raffte Zamzow seine Sachen zusammen und rannte hinaus. Er war schon auf halbem Weg zum Aufzug, als ihm einfiel, wenigstens »Danke!« über die Schulter zu rufen.

IX

Das Haus in der Duburger Straße war ein gepflegter Altbau. Angela trat aus der Tür und kam mit langen Schritten auf den Wagen zu. Schon von weitem sah Baake ihr an, dass das Martyrium noch immer kein Ende haben würde.

»Hat Ihnen die auch nicht gefallen?«, fragte er, als sie sich neben ihm in den Sitz fallen ließ.

»Und wie! Groß, hell, gut geschnitten, genau das Richtige!«

Sie verschränkte die Arme vor der Brust und schob missmutig die Unterlippe vor.

»Ja ... und?«, hakte Baake nach.

»Weg!«, sagte Angela sauer. »Der Vermieter meinte nur, ich hätte doch schon vor zwei Stunden kommen wollen. Jetzt hat sie mir jemand vor der Nase weggeschnappt.«

»Halb so wild! Auf ein Neues, also!« Baake bemühte sich, munter zu klingen.

Angela seufzte und nickte resigniert. »Aber für heute hab ich die Nase voll. Fahren wir ins Präsidium. Außerdem muss ich jetzt erst mal wieder die Immobilienanzeigen durchforsten.«

Sie waren auf der Schiffbrücke, und Baake erzählte ihr wortreich und mit viel Getue von dem Seminar über Befragungstechniken, das er kürzlich absolviert hatte, als das Autotelefon klingelte. Angela, die entmutigt und angeödet in ihrem Sitz hing, nahm ab und erwachte schlagartig zu neuem Leben.

»Ja, Frau Dr. Kolle?«

Sie hörte einen Moment mit angespanntem Gesichtsausdruck zu. Dann sagte sie ernst: »Bin schon auf dem Weg!« und hängte ab. »Baumgartner ist vergiftet worden!«, sagte sie, zu Baake gewandt. »Geben Sie Gas!«

»Gas geben? Ich denke, er ist schon tot?«

»Kapieren Sie nicht? Das Fläschchen war manipuliert! Jemand hat ihn ermordet. Nun legen Sie schon einen Zahn zu, verdammt noch mal!«

»Das macht ihn zwar nicht lebendiger, aber von mir aus gern ...«, murmelte Baake grinsend und drückte auf die Tube.

Das hässlich quietschende Geräusch, das ihre Turnschuhe auf den Fliesen im Souterrain machten, ließ ihr Herz stocken, und sie musste einen Augenblick innehalten, mit solcher Macht überfiel sie die Erinnerung an den Tag, als sie diesen Flur zum ersten Mal entlanggegangen war.

Sie war damals noch Oberkommissarin in Kiel. Als sie die Nachricht erhielt, dass ihr Vater bei einem Autounfall ums Leben gekommen war, fuhr sie nach Flensburg, um seine Leiche zu identifizieren und sich um seinen Nachlass zu kümmern. Er war volltrunken mit mindestens hundertzwanzig Stundenkilometern frontal gegen einen Baum gerast. Der Stamm hatte praktisch dort gestanden, wo der Fahrer sitzen sollte. Der Anblick seiner Überreste war schlimm, aber was sie im Haus vorfand, war noch schlimmer.

Ihre Beziehung zu ihrem Vater hatte sich seit Jahren auf

einen gemeinsamen Restaurantbesuch am ersten oder zweiten Weihnachtsfeiertag und das alljährliche Familientreffen in Eggebek zum Geburtstag ihrer Tante beschränkt. Zwischendurch hatte er sie vielleicht drei- oder viermal angerufen, sie ihn nie. Weil sie nicht miteinander redeten und er sich auf ihre wenigen Begegnungen immer hatte vorbereiten können, war es ihm gelungen, seine hochgradige Trunksucht bis zuletzt vor ihr zu verbergen, und beim Betreten seines Hauses traf sie fast der Schlag. Ihr Vater hatte seit dem Auszug seiner Tochter kein Stück Papier, keine Konservendose, keine Püreepackung und keine Flasche mehr weggeworfen. Nur ein schmaler Pfad zog sich noch durch die aufgetürmten Müllberge und verband das verwahrloste Bett mit dem Kühlschrank und dem verkrusteten, schimmelbedeckten Badezimmer. Der Gestank war unerträglich, noch unerträglicher aber sollten die Schuldgefühle sein, die Angela von diesem Moment an quälten. Das Zerwürfnis mit ihrem Vater, der erbittert versucht hatte, sie von ihrer Berufswahl abzubringen, machte ihr schon lange nicht mehr zu schaffen, in gewisser Weise hatte sie sich damit abgefunden, mit ihm zerstritten zu sein. Und so wurde ihr schmerzlich bewusst, dass sie wegen der Geschichte mit Torsten Zamzow, ihrer Leidenschaft und seinem Verrat monatelang kaum einen Gedanken an ihren Vater verschwendet hatte.

Als weiter vorn eine Metalltür ins Schloss fiel, hallte das Geräusch im ganzen Korridor wider, und Angela schrak aus ihren dunklen Erinnerungen. Ein junger Mann kam aus Dr. Kolles Zimmer. Er strich sich die glatte Mähne hinters Ohr und rückte seine schmale eckige Brille zurecht, ohne den Blick von den Papieren in seiner Hand zu heben. Ihr Herz setzte zwei Schläge aus, um dann im verdoppelten Rhythmus loszuhämmern.

Torsten Zamzow blickte auf und kam ihr mit lang ausgreifenden Schritten entgegen. Er brauchte einen Augenblick, bis er sie erkannte, und blieb wie angewurzelt stehen. Übergangslos verzog er das Gesicht zu diesem Ohr-zu-Ohr-Lächeln, das ihr vor Urzeiten einmal gefallen hatte, und rief:

»Hey, Angela! Ich glaub's nicht! Das ist ja eine Super-Überraschung!«

»So, ist es das?«, erwiderte Angela ein bisschen lahm und ärgerte sich, dass ihr nichts Spritzigeres einfiel.

»Na, und ob! Mit dir hab ich hier überhaupt nicht gerechnet. Wie geht's denn?«

»Blendend!«

Sie hatte sich die Situation, Torsten eines Tages unvermittelt wieder gegenüberzustehen, hundertfach ausgemalt, und natürlich reagierte sie bei diesen imaginären Begegnungen immer geistesgegenwärtig und souverän, bloß jetzt wollte ihr nichts Schlagfertiges einfallen.

»Du hast dich überhaupt nicht verändert!«, sagte er, und vor Zorn über die Dummheit dieser Bemerkung fand sie blitzartig zu ihrer alten Form zurück.

»Wenn das ein Kompliment sein soll, kannst du's dir sonst wohin stecken!«

»Na, na, na, nicht so kratzbürstig. Hab's nur gut gemeint.«

»Gut gemeint war schon immer das Gegenteil von gut«, gab sie lakonisch zurück. »Was treibt den Shootingstar des LKA unter das gemeine Kriminalistenvolk?«

»Eine Sitzung mit deinem Präsidenten ...«, sagte er mit vagem Lächeln.

»Hast du dich da nicht in der Adresse vertan? Der sitzt ein ganzes Stück entfernt von hier.«

Mit Erstaunen glaubte Angela, einen Anflug von Verlegenheit in seiner Miene zu erkennen, und setzte noch einen drauf: »Wenn du rauswillst, musst du im Aufzug den obersten Knopf drücken.«

»Ha, ha«, sagte er und machte schon wieder den Eindruck, als ob er nicht weiterwisse. Er bleckte die Zähne zu einem aufgesetzten Grinsen und sagte: »Du hast dich wirklich nicht verändert!«

Sie stand mit hängenden Armen mitten im Korridor und lächelte schmal.

Er sah auf die Uhr. Die Geste war ihr so vertraut, dass sie die nächste voraussagen konnte. Gleich würde er die Stirn runzeln, die Lippen zusammenpressen, »Oje, ich muss!« murmeln und die Flucht ergreifen. Torsten Zamzow runzelte die Stirn, presste die Lippen zusammen, murmelte »Oje, ich muss!« und ergriff die Flucht. Im Weggehen drehte er sich noch einmal um, ging ein paar Schritte rückwärts und rief: »Nett jedenfalls, dich mal wiedergesehen zu haben!«

Sie sah ihm nach, bis er im Aufzug verschwunden war, und als er ihr spielerisch mit den Fingern zuwinkte, wandte sie sich ab und betrat das Zimmer der Polizeiärztin.

Dr. Erika Kolle stand an einem schmalen Edelstahltisch, auf dem unter einem Leintuch Walter Baumgartners nackte Leiche lag. Die widernatürliche Überstreckung der Wirbelsäule zeichnete sich deutlich durch das Laken ab.

In sachlichem Ton informierte die Ärztin die Hauptkommissarin, dass als Todesursache nur eine Zyanidvergiftung in Frage käme, dies habe die Laboruntersuchung des Erbrochenen und des Restmageninhalts unzweifelhaft bestätigt. Sie folgte der Rückenkrümmung mit der Hand, ohne jedoch das Tuch zu berühren oder gar wegzuziehen, wofür Angela ihr dankbar war, und erklärte:

»Der Tod durch Asphyxie muss gegen fünf Uhr morgens eingetreten sein. Zu diesem Zeitpunkt hat er sich bereits seit etwa einer Stunde in einem komatösen Zustand befunden, ehe er aufgrund einer Lähmung des zentralen Nervensystems erstickt ist. Diese verrenkte Körperhaltung ist typisch für die heftigen, äußerst schmerzhaften Krämpfe, die dem Koma vorausgehen.«

»Und um welche Substanz handelt es sich dabei?«

»Cyanwasserstoff. Eine chemische Verbindung, die man auch unter der Bezeichnung Blausäure kennt. Sie wird zur Herstellung verschiedener Kunststoffe und für bestimmte Metallverarbeitungstechnologien industriell eingesetzt und wegen ihrer extremen Giftigkeit auch zur Rattenvernichtung. Die für einen ausgewachsenen Mann sicher tödliche Dosis passt leicht in einen Fingerhut.«

»Schmeckt man das nicht?«

»Zyanide haben ein intensives Bittermandelaroma. Aber in Cola ist ja sehr viel Zucker, die Süße hat es zusammen mit diesem extrem hochprozentigen Rum möglicherweise übertönt.«

»Und woraus schließen Sie, dass das Gift im Getränk war?«

»Entweder es war drin, oder er hat es damit runtergespült. Der Mann hatte zum Zeitpunkt seines Todes mindestens zwölf bis vierzehn Stunden keine feste Nahrung zu sich genommen, dafür massenweise alkoholische Getränke, vorwiegend Rum und Champagner und dann Cola. Ehrlich gesagt, glaube ich nicht, dass Baumgartner zu diesem Zeitpunkt noch eine besonders feine Nase hatte: Er hatte fast drei Promille Alkohol im Blut.«

»Dass der Mann an dem gleichen Zeug, das ihn berühmt gemacht hat, sterben muss, das ist wirklich eine Ironie des Schicksals!«, sinnierte Angela.

Einen Moment lang starrte sie mit leichtem Grausen auf die verkrümmten Finger des Toten, die unter dem Leintuch hervorsahen, und wandte sich zum Gehen.

»Ach, übrigens«, sagte sie wie nebenbei, als sie die Türklinke schon in der Hand hatte, »was wollte eigentlich Zamzow bei Ihnen?« Und fügte, als sie den verständnislosen Blick der Ärztin sah, hinzu: »Der Mann vom LKA, der rausgegangen ist, als ich reinkam.«

»Ach so, der! Der hat sich auch für den Gifttoten interessiert.«

»Wissen Sie, warum?« Angela gab sich die größte Mühe, gelassen zu klingen.

»Hat er mir nicht gesagt, hab ihn auch nicht gefragt«, sagte Frau Dr. Kolle achselzuckend.

Angela dankte der Ärztin und setzte ihren Informationsgang fort. Herr Adler, der Leiter der Spurensicherung, ein dürrer, chronisch schlecht gelaunter, wortkarger Mensch, begrüßte sie knapp und kam gleich zur Sache. Er führte sie zu einem großen Tisch, auf dem viele Fotos ausgebreitet waren, Aufnahmen von Walter Baumgartners Leiche und der unmittelbaren Umgebung des Fundortes, im Ganzen und in allen Details. Während Herr Adler seine Erläuterungen abgab, schwebte die Spitze seines Kugelschreibers über verschiedenen Bildern, um Angela auf bestimmte Einzelheiten aufmerksam zu machen. Auf einem war das am Fuß der Parkbank lehnende halb volle

Fläschchen zu sehen, und weil der Fotograf, um es frontal aufzunehmen, die Kamera auf den Boden gestellt hatte, erkannte man im Hintergrund eine verkrümmte Hand, die sich dem Betrachter entgegenstreckte, als habe Baumgartner noch ein letztes Mal die Krallen zeigen wollen.

Immer diese Hand!, stöhnte Angela innerlich, ignorierte das Kommando der Kulispitze und suchte sich ein Foto, auf dem dasselbe Fläschchen von schräg oben und nichts von der Leiche zu sehen war.

»Dieses Fläschchen befand sich unmittelbar neben der Leiche«, sagte Herr Adler überflüssigerweise. »Der darin noch vorhandene Rest enthielt eine Giftkonzentration, die einen Mann dieser Statur dreimal hätte umbringen können. In einem Abstand von vierzig Zentimetern lag dieser Verschluss.«

Der Kuli tippte auf das Bild daneben, das eine schleimige Kotzlache zeigte, in der ein kaum erkennbarer kleiner Schraubdeckel schwamm.

»In der Nähe des Wagens ist noch ein zweites Fläschchen gefunden worden« – tipp – »daraufhin hat man den Bereich weiträumig abgesucht und in einiger Entfernung auch den Deckel sicherstellen können. Die Verschlüsse beider Flaschen sind eindeutig manipuliert worden.« Der Kuli hüpfte zwischen den beiden Fotos hin und her. »Kommen Sie her, hier sehen Sie es ganz klar.«

Er ging mit Angela zu einem Tisch, auf dem ein Mikroskop stand. Auf dem Objekthalter befand sich einer der Flaschenverschlüsse vom Foto. Angela kniff ein Auge zu und sah durch die Linse.

»Offenbar ist das Gift mit Hilfe einer Injektionsspritze in die Flasche eingebracht worden. Möglicherweise hat der Täter zuvor die entsprechende Menge abgesaugt, um die Flasche nicht zu überfüllen. Die Einstichstelle ist kaum zu sehen, geht unter im Bart von Che Guevara.«

Eingehend betrachtete sie den Flaschenverschluss mit dem winzigen Großer-Held-Schriftzug und der perfekt getarnten Öffnung. Zwei zehnfach vergrößerte Finger, die Nägel eine schroffe Dünenlandschaft, jedes Hautfetzchen ein gefährlicher Zacken, schoben sich in ihr Gesichtsfeld und drehten das Deckelchen um. »Sehen Sie das Loch? Es ist anschließend mit einem Tropfen Sekundenkleber wieder verschlossen worden.«

Auf der Innenseite konnte Angela die fransig ausgestülpte Austrittstelle der Nadel und auch den matt glänzenden Klebstofftropfen gut erkennen.

»Auf jeden Fall ist damit jegliche Selbstmordtheorie vom Tisch ...«, sagte sie seufzend.

»Na, dann wissen Sie ja, was Sie zu tun haben«, sagte der Leiter der Spurensicherung auf seine verbiesterte Art.

Angela dankte ihm, verabschiedete sich nachdenklich, und weil sie tatsächlich wusste, was sie zu tun hatte – nämlich schleunigst herausfinden, wie Baumgartner an den Großer-Held-Proviant gekommen war, den er sich im Park zu Gemüte geführt hatte, und sich in diesem Zusammenhang die Person ansehen, mit der Baumgartner sprechen wollte, als er in den letzten Zügen lag – zückte sie ihr Handy und rief Baake an, um ihn zum Parkplatz zu zitieren.

»Auf geht's!«, sagte sie ohne jede Grußfloskel, als er ans Telefon ging. »Wir treffen uns am Auto!«

X

Janine Peters Fotodesign stand in sehr origineller Typografie auf dem Schild an der hohen alten Holztür im zweiten Stock. Baake klingelte, aber nichts tat sich. Er drückte noch ein zweites Mal auf den Knopf, blickte sich über die Schulter nach Angela um und schüttelte den Kopf.

»Niemand zu Hause.«

Sie wandten sich zur Treppe, als im Stockwerk unter ihnen eine Wohnungstür aufging. Mit zwei Mülltüten beladen und einen Packen Zeitungen unter den Arm geklemmt, stieg eine mindestens achtzigjährige Frau langsam und vorsichtig die Treppe zum Erdgeschoss hinunter. Angela holte sie ein und erbot sich, ihr die Beutel abzunehmen, was die gebrechliche Dame erfreut akzeptierte.

»Sehr nett, junge Frau, das ist wirklich nett von Ihnen! Weil so, einen Sack rechts, einen Sack links, hab ich keine Hand frei fürs Geländer. Und mit einer künstlichen Hüfte darf man auf keinen Fall die Treppe runterfallen!«

»Man sollte auch mit einer natürlichen Hüfte keine Treppe runterfallen!«, lachte Angela. »Warum haben Sie das bisschen Zeug nicht zusammen in eine gepackt, die Tüten sind ja nicht mal halb voll?«

»Nein, nein, das geht nicht, der Müll muss doch getrennt werden!«

Im Erdgeschoss angekommen, trippelte die Frau voraus und öffnete die Tür zum Hinterhof, wo die Mülltonnen standen. »Das ist immer ein Problem in diesem Haus!«, erklärte sie dabei mit hocherhobenem Zeigefinger. »Die Leute trennen ihren Müll einfach nicht richtig.«

Sie klappte sämtliche Deckel hoch, spähte in die Tonnen und winkte Angela eifrig heran. »Kommen Sie, sehen Sie selbst! Halten Sie mal den Deckel fest!«

Gehorsam fasste Angela nach dem Deckel und warf Baake einen Hilfe suchenden Blick zu. Die alte Frau steckte kopfüber bis zur Taille im Altpapier, grub mit beiden Armen darin herum und fischte triumphierend ein Stück Aluminiumfolie und zwei kleine Plastikblumentöpfe heraus. Zuvorkommend hielt Angela ihr die gelbe Tonne auf, in der die Alte mit befriedigtem Grummeln ihre Beute versenkte, bevor sie erneut auf Tauchstation ging. »Da! Es ist doch nicht zu glauben!« Als sie aus dem Verpackungsmüll wieder zum Vorschein kam, hielt sie mit angeekeltem Gesicht ein Großer-Held-Fläschchen in der Hand. »So was in der Wertstofftonne! Wetten, dass da noch mehr drunter sind? Es sind immer dieselben, die das machen, immer diese Werbefritzen!«, sagte sie, ganz außer Atem vor Zorn. »Bitte schön! Was hab ich gesagt! Da sind Sie sprachlos, was?«

Angela wusste tatsächlich nicht, was sie sagen sollte, und betrachtete die zutage geförderten Großer-Held-Fläschchen so verlegen, als habe sie sie selbst im falschen Eimer entsorgt.

»Ich sag's ja, sich anziehen wie ein Papagei, aber Glas nicht von Plastik unterscheiden können!«, sagte die Alte, Gehässigkeit in jeder Runzel. »Letzte Nacht ist auch dieser versoffene Schönling wieder hier herumgeturnt. Ich hab ihn krakeelen hören. Voll wie zwanzig russische Matrosen! Der braucht weiß Gott keinen Palmenstrand, um sich die Hucke voll zu saufen, das kann der auch am Nordpol! Wissen Sie, der Kerl von diesem Rumplakat. Der geht hier nämlich ein und aus, weil er was mit der aus dem zweiten Stock hat, diese Volleule!«

Angela, die die ganze Zeit nach einem Vorwand gesucht hatte, den Mülltonnendeckel loszuwerden, ohne unhöflich zu sein, ließ ihn einfach fallen und verabschiedete sich knapp.

»Und vielen Dank noch mal!«, rief ihnen die alte Frau nach.

»Wir haben zu danken!«, gab Angela über die Schulter zurück und grinste Baake an:

»Tja, tut mir richtig Leid, dass Sie Ihre neu erworbenen Kenntnisse in Befragungstechnik nicht anbringen konnten, aber bei so einer Nachbarschaft ist jedes Seminar überflüssig!«

Sie stiegen ins Auto, und Angela griff nach dem Sicherheitsgurt. »Was meinen Sie, kommen wir später noch mal her?«

Baake nickte und steckte den Schlüssel ins Zündschloss. »Das heißt ja wohl, dass Baumgartner letzte Nacht hier gewesen ist, bevor er angerufen hat«, sagte er.

»Haarscharf kombiniert, mein lieber Watson!«, gab Angela zurück und starrte stirnrunzelnd durch die Windschutzscheibe einer Frau entgegen, die auf einem kiwigrünen Fahrrad um die Straßenecke bog, diagonal die Fahrbahn überquerte und auf das Haus zuhielt, das sie soeben verlassen hatten. Sie fiel sowohl Angela als auch Baake auf, wenn auch aus unterschiedlichen Gründen. Sie war mittelgroß, sehr schlank, um die dreißig und insgesamt eine aufsehenerregende Erscheinung. Sie trug einen orangefarbenen Overall aus Jeansstoff und ein violettes Band um den dunklen Lockenkopf, in dem lila Strähnchen leuchteten.

Ohne den beiden Wageninsassen die geringste Beachtung zu schenken, radelte die Frau vorüber, nah genug, dass Angela in den offenen Pantoletten die auberginefarben lackierten Zehennägel sehen konnte. Sie ließ den Gurt, den sie sich gerade übergezogen hatte, wieder zurückschnappen und grinste Baake an:

»Da Papageien in diesen Breiten ja eher selten sind, schätze ich, dass wir außer Müll trennen hier doch noch was zu tun haben!«

Baake schaute so verdutzt, dass Angela auflachte. »Na los! Haben Sie ruhig mal ein bisschen Vertrauen in Ihre alleroberste Mitarbeiterin!«

Unter seinem verblüfften Blick stieg sie kurz entschlossen wieder aus und rief der Frau nach:

»Frau Peters?«

Janine Peters blieb stehen und sah sich mit fragender Miene um.

»Sind Sie Janine Peters?«, vergewisserte sich Angela.

»Ja.«

»Guten Tag, ich bin Hauptkommissarin Angela Tendrup. Hätten Sie wohl ein paar Minuten Zeit?«

»Die Polizei?«

»Wir würden Ihnen gern ein paar Fragen stellen.«

»Worum geht es denn? Ich hab eigentlich gar keine Zeit.«

Angela sah an dem Haus hinauf, wo sich im ersten Stock eine Gardine bewegte. Janine Peters folgte ihrem Blick.

»Vielleicht lieber nicht mitten auf der Straße«, meinte Angela.

»Na gut, dann kommen Sie in Gottes Namen mit rauf«, sagte Janine mit resigniertem Achselzucken.

XI

Im nobel eingerichteten Büro des Anlageberaters Rolf Steckler saß Gudrun Laßleben, nicht nur ihres weinroten Seidentuchs, sondern auch des himbeerroten Kleides darunter entledigt, spreizbeinig auf den Knien eines etwa vierzigjährigen sorgfältig gescheitelten Herrn in Hemd und Krawatte, dessen Hosen sich um seine Knöchel häuften. Sie beschmuste sein Ohr. Aber er gab ihr nur mit spitzen Lippen ein abschließendes Küsschen, schob sie mit sanfter Bestimmtheit von sich und zog die Hosen hoch.

»Und? Was gibt's Neues? Erzähl schon!« Man hörte ihm an, dass ihm die Frage schon eine ganze Weile auf der Zunge brannte. Sie angelte mit den kirschrot lackierten Zehen nach ihrem Slip und zog im Aufstehen die Strumpfhose von der Sessellehne hinter ihm.

Sie strahlte ihn an. »Du weißt doch, wie das hier im Norden ist: erst die Arbeit und dann das Vergnügen!« Sie küsste ihn lachend und steckte sich eine Zigarette an.

»Du sollst hier nicht rauchen, verdammt, wie oft soll ich dir ...«

»Und du sollst hier nicht vögeln!« Sie lachte wieder ihr perlendes Lachen, ging an eine Schublade und holte einen Aschenbecher heraus.

»Also, wie's aussieht, passiert da im Moment gar nichts.

Die haben einen Blindgänger deponiert und drohen weiter.«

»Und der Verkauf an die Kanadier?«, fragte er begierig.

Sie zuckte die Achseln. »Die haben sich noch nicht entschieden.«

»Scheiße!« Steckler kratzte sich hinterm Ohr.

»Ist doch egal, wie weit die Verhandlungen wirklich gediehen sind«, sagte Gudrun. »Du könntest die Gunst der Stunde nutzen und die Nachricht lancieren, dass sich da was anbahnt. Das würde schon reichen, damit die Kurse einen Sprung nach oben machen. Dann stößt du dein Aktienpaket endlich ab und sackst einen netten Gewinn ein!«

Steckler grinste. »Ganz schön gerissen! Aber trotzdem wäre das nichts weiter als ein Schuss ins Blaue. Besser, wir wüssten erst was Genaues, denn dann könnte man beide Nachrichten nacheinander bringen. Zuerst mit der von der Erpressung die Aktien in den Keller treiben und schnell noch mal nachkaufen. Dann das Übernahmegerücht in die Welt setzen und, wenn sie steigen, alles verhökern.«

Gudrun schüttelte den Kopf. »Ich weiß nicht, ob das so eine gute Idee war, dir die Geschichte zu erzählen.«

»Wieso denn das? Schließlich sind die Chancen, an der Börse Geld zu verdienen, längst nicht mehr so gut wie früher. Und das hier ist eine, die man sich nicht durch die Lappen gehen lassen kann.«

»Das nennt man doch Insiderhandel«, sagte Gudrun und sah ihn schräg an. »Ist das nicht verboten?«

Er grinste. »Wer ist denn hier der Insider von uns beiden? Ich doch nicht! Und du hast schließlich keine Jessen-Papiere.«

In dem Moment klingelte in Gudruns Tasche das Handy. Sie bleckte die Zähne und knurrte es an, aber es dudelte unablässig seine entnervende Melodie. Sie sah aufs Display, warf ihrem Rölfchen einen entschuldigenden Blick zu und meldete sich.

»Laßleben ... Was, schon wieder? Gibt es was Neues ... Ja, in Ordnung. In einer halben Stunde.«

Achselzuckend sagte sie in Stecklers gespannte Miene: »Alles auf Anfang. Der Krisenstab soll umgehend wieder im Präsidium zusammenkommen. Mehr wollten sie am Telefon nicht sagen.«

Sie gab ihrem Rölfchen einen Kuss und fügte hinzu: »Ich halt dich auf dem Laufenden.«

Mit sicherem Griff öffnete sie eine von etlichen schmalen Aktenschranktüren, in der sich ein Spiegel verbarg, richtete ihr feuerrotes Haar und bemalte sich die Lippen in derselben Farbe.

XII

Die Fotografin schloss die Tür auf und ließ Angela und Baake mit skeptischem Blick ein. Der breite Eingangsflur der weitläufigen Altbauwohnung war mit Taschen, Stativen und Kamerakoffern so zugestellt, dass sie sich im Gänsemarsch hindurchschlängeln mussten.

Begehrlich wanderte Angelas Blick die hohen Wände empor, und vor Entzücken gingen ihr fast die Augen über. Ungeniert schaute sie in die beiden Zimmer, an deren offenen Türen sie auf dem Weg zu der riesigen Küche vorbeikamen, und hatte vor lauter Begeisterung über die traumhafte Wohnung sekundenlang völlig vergessen, warum sie hier war.

»Ich bin nur leider wirklich sehr in Eile, ich habe in einer Stunde einen Termin in Husby und wollte mich nur schnell umziehen. Nehmen Sie Platz ...«, sagte Janine Peters und räumte zwei Sektgläser und einen Flaschenkühler, in dem kopfüber eine Champagnerflasche steckte, beiseite. Mitten auf dem Tisch stand in einer hohen Glasvase eine langstielige rote Rose.

»Danke«, sagte Baake, setzte sich und wischte sich mit dem Handrücken ein paar Schweißtropfen von der Stirn, »langsam wird's richtig Sommer! Wir wollen Sie ja gar nicht lange aufhalten, es ist nur so ...« Er kam ins Stottern. Er war von der feingliedrigen dunkeläugigen Frau mindestens ebenso fasziniert wie Angela von der Wohnung. Er zwinkerte ihr vertraulich zu und fuhr fort: »... meine Kollegin ist auf Wohnungssuche, müssen Sie wissen, und Ihre ist genau nach ihrem Geschmack.«

»Ich hab nicht vor auszuziehen.« Janine Peters' klangvolle Altstimme bekam einen gereizten Unterton.

Baake wieherte, als habe sie einen Witz gemacht, und sein dämliches Gelächter holte Angela ruckartig auf den Boden der Tatsachen zurück. Wenn Baake in die Nähe einer Frau kam, die ihm gefiel, fing er an zu sülzen und eine Oktave höher zu lachen. Angela hatte das schon mehrmals erlebt, denn besonders wählerisch war er nicht. Diesmal musste sie sich allerdings eingestehen, dass auch sie nicht nur von der Wohnung, sondern vor allem vom Auftreten ihrer Bewohnerin tief beeindruckt war.

»Verzeihung«, sagte sie und lächelte verbindlich, »aber ich bin ein großer Fan von Altbauwohnungen, und Ihre ist ausgesprochen schön.« Sie setzte sich der Fotografin gegenüber an den Tisch und schlug einen offizielleren Ton an: »Frau Peters, wir müssen Ihnen einige Fragen zu Walter Baumgartner stellen.«

»Was hat er angestellt?«, fragte Janine Peters leichthin und sah auf ihre Armbanduhr.

»Er ist tot.«

»Was?«

»Man hat ihn heute Morgen tot aufgefunden.«

»O Gott, das ist ja furchtbar!«, sagte Janine fassungslos und fuhr sich schwer atmend mit beiden Händen übers Gesicht und durch die lila gesträhnten Locken.

Angela gab ihr eine halbe Minute Zeit und fragte dann: »Standen Sie ihm sehr nah?«

Janine holte tief Luft.

»Was heißt nah?«, sagte sie gepresst, »ich hab die Fotos für die Großer-Held-Kampagne gemacht.«

»Sie kannten ihn also ziemlich gut?«

Janine zögerte. »So gut nun auch wieder nicht ... die Idee, einen echten Flensburger als Sympathieträger für das Motiv zu verwenden, stammte von mir, und ich hab damals auch das Casting organisiert. Und dann hab ich für das Shooting halt ein paar Wochen mit ihm gearbeitet.« Sie seufzte. »Diesen Sommer sollte der Fernsehspot produziert werden.«

»Darüber hinaus hatten Sie keine Beziehung zu Herrn Baumgartner?«

»Nein«, sagte Janine mit Nachdruck. Sie stand auf, nahm eine Flasche spanischen Brandy aus dem Schrank und ein Wasserglas von der Spüle. Sie goss sich das Glas halb voll und trank einen langen Schluck.

Die Kripobeamtin zog die Unterlippe zwischen die Zähne, wie sie es oft tat, wenn sie eine Entscheidung zu fällen hatte, während ihre hellgrauen Augen zwei endlose Sekunden lang Janines Mienenspiel kontrollierten. Dann sagte sie:

»Komisch, es ist so, dass Sie der letzte Mensch sind, mit dem er unmittelbar vor seinem Tod noch zu sprechen versuchte.«

Janine schaute in ihren Brandy, kippte den Rest runter und spülte das Glas aus.

Angela zog einen Umschlag aus der Tasche und legte ihn auf den Tisch. »Und dann habe ich auch noch das hier in seinem Auto gefunden.«

Die Ellbogen aufgestützt, das Kinn in die Hände gelegt, sah sie Janine Peters erwartungsvoll an.

Baake, der mit zunehmendem Unbehagen auf seinem

Stuhl herumgerutscht war, beugte sich angelegentlich nach vorn. Zögernd griff Janine nach dem Umschlag, öffnete ihn und zog scharf die Luft ein, als sie das zerrissene Foto sah. Sie drehte es um und begann leicht zu zittern. Dann stieß sie ein kleines nervöses Lachen aus und sagte, ohne einen der beiden anzusehen:

»Na ja«, begann sie und hüstelte, »das war keine große Sache mit dem Che und mir ... ich hab ihn immer den Che genannt, weil er Che Guevara so ähnlich sieht. Wissen Sie, in unserem Job ...« Sie brach ab und kicherte wieder unsicher, hatte jedoch Tränen in den Augen.

»Verstehe«, sagte Angela knapp und steckte das Fotofragment ein. »Trotzdem hat er im Angesicht des Todes Ihre Telefonnummer gewählt. Haben Sie seinen letzten Anruf entgegengenommen?«

Janine starrte sie einen Augenblick erschrocken an, dann sah sie auf die Tischplatte und schüttelte schweigend den Kopf.

»Hat er etwas auf dem Anrufbeantworter hinterlassen?«

Wieder verneinte Janine wortlos. Zwei Tränen rannen ihr über die Wangen, und sie rang ein aufsteigendes Schluchzen nieder.

»Wann haben Sie Herrn Baumgartner zum letzten Mal gesehen?«

Angela gab Janine vier Sekunden, ehe sie so gnadenlos zum Frontalangriff überging, dass Baake zusammen zuckte:

»Frau Peters, ich meine nicht, vor wie vielen Wochen oder Tagen, ich meine die Uhrzeit, zu der Herr Baumgartner vergangene Nacht hier war.« Ihre Stimme, die bisher gleichbleibend klar und ruhig gewesen war, hatte plötzlich einen unangenehmen metallischen Nachhall.

Janine schnappte nach Luft und stöhnte: »O Gott, nein, ...« Sie brach ab, und im nächsten Augenblick war es um ihre Fassung geschehen. Sie warf die Unterarme auf den Tisch, drückte das Gesicht hinein und begann hemmungslos zu schluchzen. Angela blieb seelenruhig, während Baake sich ratlos umschaute. Er erspähte ein Päckchen Papiertaschentücher auf dem Küchenschrank, stand auf, nahm eins heraus und schob es Janine in die Hand. Sie hob halb den Kopf und schneuzte sich energisch. Nachdem sie dreimal ansetzen musste, weil ihr die Stimme ins Falsett rutschte, brachte sie schließlich flüsternd hervor:

»Er hatte gestern seiner Frau gesagt, dass er die Scheidung will.«

»Und anschließend ist er hergekommen, um das mit Ihnen zu feiern«, ergänzte Angela, auf den Sektkühler am anderen Tischende weisend. Insgeheim atmete sie auf und klang wieder absolut neutral. Sie wusste um ihre Fähigkeit, jemanden trotz vollkommen sachlicher Formulierungen allein mit ihrer Stimme regelrecht in Scheiben zu schneiden, wenn sie wollte.

Unter anfänglichem Stammeln, aber zunehmend flüssig, begann Janine zu berichten, was sich am Vorabend abgespielt hatte.

XIII

Im Restaurant Viva in der Roten Straße saßen Tondorf und Jessen bei einem Milchkaffee zusammen.

»Dass ein ehemaliger Mitarbeiter dahinter steckt, kann ich mir einfach nicht vorstellen, ich wüsste nicht, wer«, sagte Jessen kopfschüttelnd und fuhr sich mit einer nervösen Geste durchs Gesicht. »Erstens haben wir sowieso kaum jemanden geschasst, und zweitens war unser Umgang mit den Leuten auch sonst fair. Und an wirkliche Alkoholgegner glaub ich auch nicht!«

»Mag sein«, stimmte Tondorf zu. »Aber was ist, wenn die Kanadier dahinter stecken? Nur damit sie deine Firma billig schnappen?«

Jessen war nicht mal überrascht. »Auch schon dran gedacht. Nee, oder glaubst du so was wirklich?«

Tondorf schüttelte den Kopf. »Zamzow hat ja wohl auch schon etliche Organisationen ohne Erfolg gecheckt«, sagte er. »Nun lass mal den Kopf nicht hängen, es wird schon nichts passieren. Ich bin sicher, das sind nur Schaumschläger. Die wollen das Geld und basta.«

»Und wenn es einmal klappt, dann geht das immer weiter, bis wir kaputt sind!«, fürchtete Jessen, »als Bürgermeister solltest du wissen, es geht nicht nur um den Aktienkurs, es geht auch um über hundert Arbeitsplätze, und das ist in dieser sterbenden Stadt 'ne ganze Menge.«

»Droh nicht, Peter, ich weiß, um was es geht. Obwohl ich gehört habe, Immobilien Schneider hat schon eine Option auf dein Grundstück?«

»Quatsch. Dem gehört doch schon das ganze Viertel um die Stadtbücherei, und 'nen Bauträger findet er seit Jahren nicht! Was soll der mit noch so 'nem exponierten Grundstück!?«

»Na gut. Wäre auch schade. Du musst mir versprechen, dass du die Arbeitsplätze sicherst. Wir haben in den letzten Jahren zu viele verloren. Da zählt jede Stelle.«

Jessen nickte genervt. Den Satz kannte er zur Genüge.

Tondorf fuhr fort: »Also Ruhe bewahren, diesmal werden sie gekascht, ganz bestimmt. Dieser Junge vom LKA scheint tatsächlich ziemlich fit zu sein.«

»Das stimmt schon ... Sag mal, warst du das, der diese rote Landtagsfrau dazugeholt hat?«, fragte Jessen.

Tondorf nickte grinsend. »An der ist alles rot außer ihrer Gesinnung.«

»Na ja, viel mehr als blauer Dunst ist von ihr ja noch nicht gekommen. Wenn die nicht so rot leuchten würde, könnte man sie hinter ihrer Rauchwolke glatt übersehen«, sagte Jessen spöttisch.

»Unterschätz mir Frau Laßleben nicht, mein Lieber! Sie sitzt als Tourismusexpertin und als Staatssekretärin im Wirtschaftsausschuss des Wirtschaftsministeriums, und du hättest sie mal bei ihrem Vortrag vor dem Einzelhandelsverband letzte Woche hören sollen! Deshalb hab ich sie eingeladen, weil sie die möglichen Auswirkungen auf unseren dänischen Einkaufstourismus besser einschätzen kann als jeder andere und dir aus dem Effeff jedes Szenario entwirft. Glaub mir, sie hat hinter ihrer Rauchwolke nicht nur rote Haare, die übrigens vor zwei Wochen noch blond waren und vielleicht am Montag schwarz sein werden, sondern auch ein helles Köpfchen. Und ... last not least, du bist ihr Wahlkreis! Und da hat sie Pflichten!«

Er war nicht sicher, ob sein Freund ihm überhaupt noch zuhörte, denn Jessen hatte den Kopf wieder in den Händen vergraben.

»Ausgerechnet jetzt! Wo es gerade so aussieht, als wären wir endlich aus dem Schneider!« Jessen hob den Kopf und sah Tondorf betrübt an. »Die Senkung der Alkoholsteuer in Dänemark hat der Branche in unserer Region ganz schön die Tour vermasselt. Alle hatten geglaubt, die Dänen müssten vom ersten Januar an lastwagenweise einkaufen kommen. Aber da hatte man sich von der Lockerung der Zollbestimmungen einfach zu viel versprochen, denn dass der dänische Einzelhandel dagegen Sturm laufen und die dänische Regierung etwas unternehmen würde, das konnte man sich an den fünf Fingern abzählen. Der Markt wird viel härter. Uns hätte das genauso kalt erwischen können, aber was sage ich, Großer Held!« Er schüttelte kummervoll den Kopf. »Wenn ich dran denke, was diese Geschichte für Konsequenzen haben kann, wird mir himmelangst«, murmelte er. »Hoffentlich geht das gut!«

»Du wirst sehen, alles wird gut!«, redete Tondorf ihm zu, und als er Jessen zu neuem Widerspruch ansetzen sah, setzte er lachend hinzu: »In das Übernahmepaket schnürst du noch deinen nichtsnutzigen Sohn mit rein, dann bist du auch diese Sorge los und machst mit deiner Ulla endlich die Kreuzfahrt, von der ihr schon so lange träumt!«

Peter Jessen versuchte ein kleines Lächeln. »Danke dir, Jan! Alex hat mich wirklich Nerven gekostet, da hast du völlig Recht. Aber ich habe meine Meinung revidiert, seit er auf diese phantastische Großer-Held-Idee verfallen ist. In der Zeit, die er damals bei unserer Niederlassung in Dänemark verbracht hat, hat ihn irgendetwas wachgerüttelt. Da hatte ich zum ersten Mal das Gefühl, dass der Junge mitdenkt.«

Jan Tondorf, selbst Vater von zwei wohlgeratenen, erfolgreichen Kindern, freute sich über den ungewohnten Vaterstolz in Jessens Stimme.

In zuversichtlicherem Ton setzte er noch hinzu: »Und ganz abgesehen davon, würde mich der Gedanke an eine Weltreise schon reizen, mein letzter Urlaub liegt, glaube ich, zwölf Jahre zurück.«

»Kopf hoch!« Tondorf gab seinem Freund zwei kleine Klapse auf die Hand. »Sehen wir uns Sonntag im Golfclub?«

Im Polizeipräsidium hatte Zamzow inzwischen Hellers gesamte Vorzimmermannschaft, zwei junge Beamte und eine altgediente Sekretärin, darauf angesetzt, eilends den Krisenstab zusammenzurufen. So kam es, dass die Handys von Jessen und Tondorf, die einträchtig nebeneinander auf dem Metalltisch lagen, genau zeitgleich losgingen und ein kakophonisches Arrangement aus Mozarts Kleiner Nachtmusik und Lili Marleen dudelten, bis ihre Besitzer sie zum Schweigen brachten.

XIV

Am letzten Abend seines Lebens hatte Walter Baumgartner, der einen Schlüssel zu Janines Wohnung besaß, allein bei Kerzenlicht in der Küche seiner Freundin gesessen. Als sie gegen ein Uhr nachts endlich auftauchte, war sie alles andere als erfreut, ihn zu sehen. Sie war müde und wollte nur noch ins Bett, alleine!, und das sagte sie ihm auch. Er reagierte verärgert, wollte wissen, wo sie um diese Zeit herkäme, und wurde ein bisschen ausfallend. Sie konterte, sie sei ihm keine Rechenschaft schuldig, und fragte, was er denn um diese Zeit hier wolle. Es stellte sich heraus, dass er in den letzten Tagen seiner Frau endlich reinen Wein eingeschenkt hatte. Jetzt wollte er mit Janine auf die gemeinsame Zukunft anstoßen. Daher der Champagner. Daher die Rose.

Janine raufte sich wieder mit beiden Händen das Haar, ehe sie fortfuhr: »Er wollte, dass wir so schnell wie möglich heiraten. Er wollte auch, dass seine beiden Kinder bei uns aufwachsen, und seiner Frau das Sorgerecht entziehen.«

»Das ist aber gar nicht so einfach. Wie hat er sich das vorgestellt?« Baake war erstaunt.

»Seine Frau ist krank und muss ständig Medikamente nehmen. Sie hatte mehrere Nervenzusammenbrüche und war monatelang in der Psychiatrie.«

»Weshalb war sie depressiv? Hat er darüber gesprochen?«, hakte Angela nach.

»Nein, keine Ahnung. Ich vermute, dass sie ihm nachspioniert hat. Jedenfalls hat sie uns mal erwischt und eine schlimme Szene gemacht. Er sagt, sie sei labil, was auch immer das heißen mag, und deshalb könnte er sie jederzeit wieder einliefern lassen.«

»Warum ist er nach seinem edlen Heiratsantrag nicht hier geblieben?«, fragte Baake ironisch, und Angela nickte, weil ihr dieselbe Frage auf der Zunge gelegen hatte.

Janine Peters holte sehr tief Luft. »Weil ich ihm gesagt habe, dass es mir überhaupt nicht in den Kram passt. Ich will weder seine Kinder großziehen noch ihn heiraten. Na ja, so grob hab ich's nicht gesagt, aber schon deutlich, weil ich mich so überrumpelt gefühlt hab. Darauf ist er richtig ausgerastet. Er war schon reichlich angetrunken, und wenn er besoffen ist, verliert er leicht die Beherrschung ... Ich hab ihn zum Teufel gejagt.«

Sie verzog wieder weinerlich das Gesicht und machte eine fahrige Geste. Aber Angela ließ sie gar nicht erst Atem schöpfen, um loszuheulen.

»Zum Teufel? Dem ist er bestimmt schon begegnet! Hat er außer Champagner noch etwas getrunken?«, fragte sie.

»Ja, Großer Held, was sonst?«, sagte Janine piepsig.

»Haben Sie noch welche?«

»Im Kühlschrank.« Janine nickte mit dem Kopf in die Richtung.

Baake fing Angelas Blick auf und beeilte sich, den Kühlschrank zu öffnen. Auf dem mittleren Regalgitter stand ein Karton Großer Held, aus dem vier Fläschchen fehlten. Auch in der Türhalterung befanden sich welche. Baake sammelte alle ein.

»Was haben Sie mit den leeren Flaschen gemacht?«

»Weggeworfen.«

»Ordnungsgemäß im Container für Weißglas entsorgt, nehme ich an ...« Angela grinste.

Janine sagte nichts. Sie sah sehr verängstigt aus.

Angela wandte sich an Baake, der erschrocken zurückfuhr, denn im Geiste sah er sich schon den Müll durchwühlen, aber sie sagte freundlich: »Herr Baake, würden Sie bitte jemanden anfordern, der die Flaschen aus dem Abfall holt? Sagen Sie dazu, dass es eilt! Und sie sollen im Labor Bescheid geben, dass wir noch ein paar Proben einliefern, sie sollen warten.«

Erleichtert zückte Baake sein Handy und machte sich voller Diensteifer daran, den Auftrag seiner Chefin weiterzuvermitteln.

Janine war leichenblass geworden. »Sie glauben doch nicht etwa, dass ich Walter umgebracht habe!«, fuhr sie auf.

»Ich glaube nur, was ich beweisen kann«, erwiderte Angela kühl. »Wir machen ein Protokoll Ihrer Aussage, Frau Peters. Ich muss Sie bitten, mit aufs Präsidium zu kommen.«

»Was soll das heißen?«, protestierte Janine. »Ich hab damit überhaupt nichts zu tun, ich kann doch nichts dafür, dass Walter tot ist!« Ihre tränenschwimmenden Augen wurden plötzlich groß und rund, als habe sie ein Gespenst gesehen. »Das muss mit dieser Erpressungsgeschichte zusammenhängen!«, stieß sie hervor.

»Erpressungsgeschichte?«

»Da hat doch jemand gedroht, vergiftete Großer-Held-Fläschchen in Umlauf zu bringen! Der muss das jetzt wahr gemacht haben!«

Angela tauschte einen Blick mit Baake. Der schüttelte den Kopf.

Janine setzte zu neuerlichem Protest an, doch Angela schnitt ihr das Wort ab. »Kommen Sie!«

Sie wartete, bis Janine ihren Termin in Husby abgesagt und den pflaumenfarbenen Rucksack über die Schulter gehängt hatte, und ging dann voran durch den engen Flur, aus der Tür und die Treppe hinunter. Baake, der sich den Getränkekarton mit etlichen lose draufliegenden Fläschchen vor den Bauch drückte, bildete das klirrende Schlusslicht. Hinter dem geriffelten Türglas der Wohnung im ersten Stock war schemenhaft die Gestalt der umweltbewussten Seniorin zu erkennen.

Auf der Fahrt zum Präsidium saß Janine anfangs wie betäubt im Fond. Dann unternahm sie noch einen Vorstoß.

»Was muss ich denn machen, damit Sie mir glauben?«, klagte sie. »Es stimmt wirklich, dass jemand ein paar Millionen von Jessen erpressen will! Und er soll die Produktion aus Jugendschutzgründen einstellen. Die haben sogar die Plakatierung gestoppt deshalb. Nach Ablauf der Dekade wird alles überklebt, und das geplante neue Motiv wird vorerst nicht einmal produziert. Und wenn Sie nichts davon wissen, dann doch wahrscheinlich nur, weil die Polizei nichts davon wissen darf! Da können Sie doch nicht einfach hergehen und irgendjemanden verhaften!«

»Niemand hat hier irgendjemanden verhaftet! Wir brauchen Ihre Aussage als Zeugin in einem Mordfall!«, bellte Baake plötzlich in den Rückspiegel.

Verdutzt hielt Janine den Mund, und Baake, erfreut, sich endlich einmal durchgesetzt zu haben, warf Angela einen triumphierenden Seitenblick zu.

Doch die starrte, blind und taub für ihre nächste Umgebung, nachdenklich auf die Straße. Janine Peters' Gejammer im Ohr, geisterte auch wieder Torsten Zamzow durch ihre Gedanken. Nicht Toto, ihr Ex-Lover, sondern Kriminaldirektor Zamzow, der Spezialist für Produkterpressung. Noch bevor der Wagen richtig stand, hatte sie sich losgeschnallt und die Tür aufgestoßen.

»Nehmen Sie sie schon mal mit rauf ins Büro. Ich muss kurz zum Chef!«, rief sie Baake zu und war verschwunden.

XV

Als Gudrun Laßleben angehastet kam, schlossen sich hinter Tondorf und Jessen soeben die Fahrstuhltüren, und Tondorf stellte den Fuß in die Lichtschranke. Frau Laßleben drückte ihre halb gerauchte Zigarette in den Aschenbecher neben dem Aufzug und blies beim Eintreten eine lange bläuliche Rauchfahne in die kleine Kabine. Jessen warf seinem Freund einen griesgrämigen Blick zu, doch Frau Laßleben plauderte unbekümmert drauflos, machte eine überschwängliche Bemerkung über das herrliche Wetter und sagte mit theatralischem Augenrollen:

»Hoffentlich werden hier bald Nägel mit Köppen gemacht! Dieser Schwebezustand ist ja nicht zum Aushalten!«

Kaum hatten sie das obere Stockwerk erreicht, stürzte Jessen aus dem Aufzug, Tondorf dagegen ließ Frau Laßleben galant den Vortritt.

Kriminaldirektor Zamzow rückte seine Brille zurecht, strich sich die Haare hinters Ohr, verschränkte die Arme und kam zur Sache, kaum dass die anderen Platz genommen hatten.

»Ich habe Neuigkeiten!«

Die Runde hing gebannt an seinem Gesicht.

»Keine guten, fürchte ich.«

Alle erstarrten. Zamzow fuhr mit völlig neutraler Stimme fort:

»Heute ist in den frühen Morgenstunden nach dem Genuss von Großer Held ein Mann gestorben. Wie ich soeben aus dem Labor erfahren habe, war das Getränk mit Zyanid versetzt.«

In den folgenden Sekunden hätte man eine Stecknadel fallen hören. Hellers Lippen wurden ganz schmal, und er schloss für einen Moment die Augen. Jessen riss den Mund weit auf und griff sich ans Herz. Tondorf raufte sich die Haare und blickte entsetzt von einem zum anderen.

Gudrun Laßleben war die Einzige, die etwas sagte. Sie warf die rote Mähne zurück und stöhnte:

»Da haben wir den Salat!«

Hastig zündete sie sich eine Zigarette an und fügte mit einem entschuldigenden Blick auf Peter Jessen hinzu: »Ohne Zigarette kann ich keinen klaren Gedanken fassen.«

Jessen aber sah und hörte nichts. Er hing totenbleich auf seinem Stuhl. Tondorf reichte ihm ein Glas Wasser und klopfte ihm ermutigend auf den Rücken.

Wieder ergriff Zamzow das Wort. »Das verschärft die Lage zwar, aber wir sollten jetzt dennoch nichts überstürzen, sondern an unserer Strategie wie geplant festhalten. Das heißt, zunächst abwarten, bis die Erpresser sich wieder melden und die Anweisungen für die Geldübergabe übermitteln. Und diesmal schnappen wir sie uns!«

»Das heißt aber wohl auch, dass wir um eine Rückrufaktion jetzt kaum noch herumkommen«, sagte Jessen mit erstickter Stimme und setzte tonlos hinzu: »Und das wäre das Ende ...« Er sah aus, als würde er jeden Moment in Tränen ausbrechen.

»Herr Jessen, bitte!«, mahnte Zamzow. »Sehen wir uns erst einmal die bisherigen Ermittlungsergebnisse an.«

Er trat an das Flipchart und zog mit einem dicken blauen Stift den ungefähren Umriss der Förde. Dann zeichnete er die Stadt Flensburg ein und markierte grob die Grenze zwischen Deutschland und Dänemark. »Was die Herkunft der Mails angeht, so wissen wir mittlerweile, dass sie alle von verschiedenen Internet-Cafés aus verschickt worden sind. Die erste kam aus Kopenhagen, die zweite und dritte stammen aus Sonderburg, die letzte aus Pattburg.« Er malte eingekringelte Kreuze in Rot an die entsprechenden Stellen und schrieb die Namen daneben.

»Alle aus Dänemark ...«, stellte Jan Tondorf nachdenklich fest.

»Ja«, sagte Heller, »und der Schreiber rückt offensichtlich näher.«

»Na klar, wie soll er auch sonst kassieren?«, bemerkte Gudrun Laßleben scharfsinnig.

»Das muss irgendein dänischer Konkurrent sein, dem der verbissene Preiskampf noch nicht tödlich genug ist«, flüsterte Jessen.

»Das werden wir bald wissen, kein Zweifel!«, sagte Zamzow zuversichtlich.

XVI

Angela wartete nicht auf den Fahrstuhl, sondern fegte, immer zwei Stufen auf einmal, die Treppe hinauf bis in die oberste Etage und stürmte ins Vorzimmer des Polizeipräsidenten. Die Sekretärin und die beiden Polizisten, die dort an Bildschirmarbeitsplätzen saßen, blickten erstaunt auf.

»Entschuldigung, aber ich muss sofort den Chef sprechen!«, sagte sie laut und marschierte, ohne ihren Schritt zu verlangsamen, auf das Büro des Präsidenten zu.

»Er ist in einer Besprechung, halt, warten Sie doch, aber er ist doch gar nicht ...«, rief die Sekretärin.

Angela hatte die Tür aufgerissen und wieder zugeknallt, stemmte die Hände in die Hüften und sah die Vorzimmerdame drohend an. »Wo ist er?«

»Hey, hey, hey, wir sind doch hier nicht im Wilden Westen!«, sagte einer der beiden jungen Beamten und stand auf. »Sie können da nicht einfach hin, da sind der Bürgermeister und LKA dabei ...«

»Ich werde dem Chef eine Nachricht reinreichen, wenn Sie möchten«, erbot sich die Sekretärin beflissen.

Aber Angela war schon wieder draußen. Die Etage verfügte über zwei Konferenzzimmer, und sie versuchte es mit dem erstbesten. Ohne anzuklopfen, platzte sie mitten in die Krisensitzung.

»Entschuldigung!«, sagte sie in einem Tonfall, der nach allem, nur nicht nach einer Entschuldigung klang, und ließ die Augen über die um den ovalen Tisch Versammelten wandern. Die Landtagsabgeordnete und Jessen waren ihr gänzlich unbekannt, und den Bürgermeister hatte sie bisher nur auf Zeitungsfotos gesehen. Alle starrten sie an, und sie versuchte, ihre Verwirrung niederzukämpfen.

Zamzow fasste sich als Erster: »Nanu? Welch Glanz in unserer Hütte!«

Bei dieser vertraulichen Begrüßung richteten sich die Blicke aller Anwesenden fragend auf den jungen LKA-Beamten. Nur Polizeipräsident Heller sah Angela mit hochgezogenen Augenbrauen an.

»Was gibt's? Ich bin im Moment nicht zu sprechen, hat man Ihnen das nicht gesagt?« Er klang ungehalten, und Angela holte tief Luft und sagte mit fester Stimme: »Ich vermute, Sie beraten über eine Produkterpressung?«

Jetzt war die Reihe an Heller, verwirrt zu sein. Mit flackerndem Blick schaute er von einem zum anderen. Zehn endlose Sekunden lang sprach niemand ein Wort.

»Ja«, sagte er dann knapp.

Angela betrachtete die Skizze auf dem Flipchart, die Namen der drei Städte, die Zamzow dort mit Datum und Uhrzeit der einzelnen Mailnachrichten eingezeichnet hatte, und runzelte die Stirn. »Wieso weiß mein Dezernat nichts davon?«

Heller sah sie unwirsch an. »Das ist die falsche Frage. Die richtige lautet: Wieso wissen Sie davon?«

Angela schaute ihn an. »Weil ich einen Mordfall durch vergiftetes Cuba libre habe.«

Zamzow und Heller verständigten sich mit einem kurzen Blick, Heller nickte, und Zamzow ergriff das Wort:

»Bei der Firma Jessen sind in den letzten Tagen mehrere Schreiben eingegangen, in denen eine moralische und eine Geldforderung gestellt wurde und alternativ gedroht wird, ein Produkt aus dem Hause Jessen zu vergiften.«

»Großer Held«, ergänzte Angela. Es fiel ihr schwer, ihre Empörung zu verbergen. »Bedeutet Ihre Geheimniskrämerei etwa auch, dass Sie nicht die Absicht haben, die Bevölkerung zu warnen?« Sie sah Zamzow nicht an, sondern wandte sich direkt an ihren Vorgesetzten. Trotzdem antwortete Zamzow.

»Vorerst wollen wir natürlich unnötige Aufregung vermeiden. Wo kämen wir hin in der heutigen Welt, wenn wir alle Erpresserdrohungen sofort erfüllten? Außerdem ist die Gefahr von Trittbrettfahrern sehr groß, sobald man an die Öffentlichkeit geht.«

»Aber die Kriminalpolizei ist doch nicht die Öffentlichkeit!«

Angela war vor Zorn das Blut in die Wangen gestiegen. Sie beherrschte sich nur mühsam, Zamzow weiterhin angestrengt ignorierend, sprach sie wieder nur den Polizeipräsidenten an. Dem war Angelas Auftritt sichtlich peinlich, allerdings konnte er ihr eine gewisse Berechtigung nicht absprechen. Statt durchzugreifen oder sie beiseite zu nehmen, seufzte er also resigniert und wies schräg hinter sich auf Angela, während er die Tischrunde ansprach.

»Darf ich vorstellen, Hauptkommissarin Tendrup, Leiterin des Dezernats Gewalt-Kriminalität. Frau Laßleben, Landtagsabgeordnete, Herr Bürgermeister Tondorf, Herr Jessen von der Jessen Rum AG. Und das ist ...«

»Kriminaldirektor Zamzow vom LKA. Wir kennen uns«, sagte Angela, die sich wieder in der Gewalt hatte, nur auf ihrer Stirn glitzerten noch ein paar winzige Schweißperlen. »Ich habe mich schon gefragt, was er hier ...« Sie hatte sagen wollen »zu suchen hat«, konnte sich aber gerade noch bremsen.

»Er hat auf unseren Wunsch hin die Ermittlungen übernommen«, erklärte Heller und fügte hinzu: »Frau Tendrup, ich möchte Sie ausdrücklich darauf hinweisen, dass nichts von dem, was hier gesprochen wird, außerhalb dieses Kreises bekannt werden darf ...«

Angela zog die Augenbrauen bis zum Haaransatz und konterte schnell: »So?! Während ich den Tod einer Giftleiche recherchiere, erzählt mir eine Werbefotografin von der Erpressung. Gehört die etwa auch in diesen illustren Kreis?« Sie nutzte die Verwirrung, die ihre Worte auslösten, trat an den Tisch und setzte sich kurz entschlossen dazu.

Nach einer kurzen atemlosen Stille fingen alle an, durcheinander zu reden.

Jessen stotterte: »Das verstehe ich nicht. Ich hab doch nur der Agentur Bescheid gesagt, dass sie die Kampagne vorerst stoppen sollen. Ich hab ihnen überhaupt keine Erklärung abgegeben! O Gott, wenn das publik wird, die Kanadier werden uns fallen lassen wie eine heiße Kartoffel ...«

Tondorfs dröhnender Bass übertönte ihn: »Wir können uns das nicht erlauben, die Konsequenzen sind unabsehbar, das würde die gesamte Region gefährden! Allein am Grenzhandel hängen sechshundert Arbeitsplätze, und fast die Hälfte unserer Gewerbesteuer resultiert daraus. Hier geht es um die gesamte Struktur der Region ...«

Schrill vor Entrüstung erhob sich Frau Laßlebens Stimme über die der anderen: »Es wäre eine Katastrophe für den Tourismus in Flensburg! Gift im Rum! Kürzlich hat das Institut für Grenzregionforschung in Apenrade seine aktuellen Zahlen vorgelegt. Die Dänen lassen jährlich vier Milliarden dänische Kronen bei uns ...«

Torsten Zamzows Blick sprang zwischen Angela und Heller hin und her, während er sich über den Tisch beugte und in eindringlichem Ton auf sie einredete: »Fast täglich erhalten irgendwelche Firmen Erpresserschreiben. Viele gehen damit nicht einmal zur Polizei. Die allerwenigsten Produkterpressungen werden überhaupt bekannt. Die Dunkelziffer liegt da extrem hoch.«

Angela hatte schweigend mit verschränkten Armen dagesessen und zugehört. Jetzt ballte sie die Fäuste und setzte sie mit Nachdruck nebeneinander vor sich auf den Tisch. Ihre Stimme war spitz wie Eiszapfen.

»Jetzt liegt die Dunkelziffer in der Gerichtsmedizin und heißt Walter Baumgartner, großer Werbeheld der Brennerei. Das hätten Sie verhindern müssen!!!«

Alle verstummten und starrten sie an. Jessen schnappte noch mehr nach Luft. Angela sah abwechselnd von Heller zu Zamzow, während sie weitersprach.

»Baumgartners Geliebte sitzt übrigens im zweiten Stock und wird von Kriminalmeister Baake vernommen. Und wenn sie nicht rein zufällig die Fotografin wäre, der ein schöner Auftrag durch die Lappen zu gehen droht, und wenn mir nicht Herr Zamzow rein zufällig über den Weg gelaufen wäre, als er sich rein zufällig für dieselbe Leiche interessierte, ohne auch nur ein Wort darüber zu verlieren, und wenn ich nicht zwei und zwei zusammengezählt hätte, säße ich jetzt nicht hier, und die Linke wüsste immer noch nicht, was die Rechte tut!« Sie war immer lauter geworden, bis sie am Ende fast schrie. Sie hob die Fäuste und ließ sie auf die Tischplatte krachen.

Dem darauf folgenden Schweigen setzte der Polizeipräsident ein Ende, indem er in sachlichem Tonfall verfügte, dass Angela und Zamzow ab sofort zusammenarbeiten, jede mögliche Verbindung zwischen beiden Fällen verfolgen und keine Spur vernachlässigen sollten. Er erklärte die Sitzung für vorerst geschlossen und bat alle, ständig erreichbar zu bleiben. Dann ging man erschöpft auseinander. Angela entfernte sich grußlos und nahm die Treppe zurück in ihre Etage, während die Übrigen vor dem Aufzug stehen blieben.

Die Hoffnung, in ihrem Büro das minutiöse Protokoll einer vorbildlichen Befragung der Fotografin vorzufinden, erwies sich als trügerisch. Stattdessen bemühte sich Kriminalmeister Jens Baake schon seit einer ganzen Weile, mit ungeübten, flattrigen Fingern die Kaffeemaschine in Gang zu setzen, während vor dem Schreibtisch Janine Peters, die langen orangefarbenen Beine übereinander geschlagen, auf die Tasse Kaffee wartete, die er ihr vor einer Ewigkeit angeboten hatte.

Angela setzte sich hinter ihren Schreibtisch, griff nach der Maus und öffnete eine neue Datei.

»Personalien und so machen wir später, wenn wir das vorhin Besprochene nachtragen. Jetzt schlage ich vor, wir fahren erst mal fort. Wo waren Sie also in der Nacht, in der Walter Baumgartner starb?«

»Aus.«

»Allein?«

»Mit einem Freund.«

»Name, Anschrift oder Telefonnummer, irgendwas, wie ich Ihren Freund erreichen kann?« Angela legte ihr Notizblock und Kuli hin.

»Wo haben Sie diese Erpressergeschichte her?«

»Na ja, ich hab mich erkundigt, schließlich geht es bei der Großen-Held-Kampagne ja um einen ziemlich lukrativen Auftrag für mich ...«, setzte Janine an, brach aber wieder ab.

»Das beantwortet meine Frage noch nicht«, beharrte Angela. »Wer hat Ihnen davon erzählt?«

»Ein Freund.«

»Derselbe Freund?«

Janine Peters nickte, und Angela schob ihr Blöckchen und Stift näher. Angela lachte freundlich. »Schreiben Sie den Namen auf, dann können Sie guten Gewissens behaupten, Sie hätten nichts gesagt.« Janine zögerte noch einen Augenblick, dann kritzelte sie einen Namen auf den Block. Mit einem halb verlegenen, halb koketten Lächeln schob sie ihn Angela zurück. Angela las den Namen, stutzte und lachte auf.

Im selben Moment trat Baake mit dem Kaffeetablett ein, und in Angelas Augen erschien ein boshaftes Glitzern. Sehr deutlich und etwas lauter als notwendig sagte sie: »Sie haben also die Nacht, in der Ihr Geliebter starb, mit Alexander Jessen verbracht?«

Baake zuckte dermaßen zusammen, dass die Tassen auf seinem Tablett ins Rutschen gerieten. Janine bemerkte ihn erst, als es hinter ihr klirrte, gerade rechtzeitig, um seine Buster-Keaton-Verrenkungen und die bühnenreife Schrittkombination nicht zu verpassen, mit denen er den Super-GAU knapp verhinderte. Nur eine Tasse fiel herunter und zerbrach auf den Dielen. Als er das Tablett absetzte, stand darauf noch eine halb leere Tasse, umspült von einem Kaffeesee, in dem Milchdöschen und durchweichte Zuckertütchen schwammen, und sein weißes T-Shirt war über und über braun gesprenkelt.

Über Janines Gesicht huschte ein belustigtes Lächeln, aber sie wandte sich wieder Angela zu und blieb bei der Sache.

»Ich war nur von der Agentur informiert worden, dass die Werbekampagne bis auf weiteres gestoppt worden sei, ohne jede Angabe von Gründen. Da brauchte ich natürlich ein paar Details aus erster Hand.«

Mit hochrotem Kopf sammelte Baake fluchend die Scherben auf, schnitt sich in den Daumen und steckte ihn in den Mund, während Angela die Aussage der Fotografin in Stichpunkten eingab und die Datei speicherte.

Dann stand sie auf, warf ihren Rucksack über die Schulter und sagte mit ihrem charmantesten Lächeln zu Baake: »Wenn Sie fertig mit Daumenlutschen sind, seien Sie bitte so nett und vervollständigen Sie das Protokoll. Dann können Sie Frau Peters entlassen. Danke!«

Draußen herrschte strahlender Sonnenschein, und sie ging zu Fuß die wenigen Meter zum Ufer der Förde, spazierte gemächlich am Wasser entlang, setzte sich auf eine Bank, breitete die Arme über die Lehne und genoss die warme Abendsonne. Von Westen her begannen Gewitterwolken aufzuziehen.

Jetzt was zu essen. Am besten eine Portion frische Matjes und ein Flens. Da drüben, bei Piet Hennigsen auf der Terrasse. Und nachdenken über Seilschaften, Parteien, Freunde, Feinde und angeblich ehrenhafte norddeutsche Kaufleute. Eine Hand wäscht die andere, hört sich in vielen Sprachen und Dialekten verschieden an, funktioniert aber überall gleich.

XVII

Der Tag begann trüb und verhangen, was erfreulicherweise zur Folge hatte, dass Angela tief und traumlos bis halb sieben schlief. Munter empfing sie Baake, der auch an diesem Morgen wieder eine Stunde früher aufgestanden war, um seine Chefin bei ihrer Wohnungssuche zu unterstützen.

»Nummer siebzehn, das ist es.«

Baake setzte den Blinker und hielt am Bordstein. Angela schnallte sich nicht einmal los, sie schaute nur ungläubig an der abgeblätterten Fassade hinauf. Das Haus war von Graffiti übersät, und im ersten Stock fehlte eine Fensterscheibe.

»Du lieber Himmel, Sie können gleich weiterfahren, die Bruchbude muss noch aus den Zeiten stammen, bevor Newton die Schwerkraft entdeckt hat, sonst wäre sie längst eingestürzt. Ach, Herr Baake«, seufzte sie dann, »ich weiß echt nicht, wie ich's noch anstellen soll. Wo immer ich anrufe, haben schon zehn vor mir angerufen. Um acht Uhr morgens!!«

Baake schielte sie von der Seite an. »Wenn ich nicht wüsste, dass Sie unbestechlich sind, würde ich Ihnen ein unsittliches Angebot machen ...«

»Sie?«, schmunzelte Angela schelmisch und ging auf seinen Ton ein. »Da wär ich ja direkt neugierig!«

»Ich kenne jemanden beim Tageblatt in der Anzeigenabteilung, der bietet mir zum Beispiel einen klitzekleinen Ausdruck der Wohnungsangebote, anderthalb Tage bevor sie in Druck gehen ... hundert Euro.«

Angela machte ein Gesicht wie eine englische Gouvernante. »Was Sie für einen Umgang haben!«

Sie schwiegen den Rest der Fahrt. Als er sie an der Schiffbrücke vor dem Stammhaus der Jessen Rum AG absetzte, griff sie in die Brusttasche ihrer Cordjacke.

»Hundert Euro, sagen Sie?« Sie zog ihr Portemonnaie und gab ihm einen Hunderter. Schnell fasste sie nach dem Türgriff und stieg aus, während Baake grinsend den Schein verstaute und ins Präsidium fuhr, um sich eine Weile seiner chronisch vernachlässigten Schreibtischarbeit zu widmen.

Die Gebäude von Jessen Rum stammten ursprünglich aus dem 17. Jahrhundert und waren immer wieder aufgestockt und renoviert worden. Sie bestanden aus einem großen Haupthaus, das zum Hafen hin lag, und einem der berühmten Flensburger Höfe, umbaut mit Lagerhäusern und Produktionsbetrieben, wo Jessens »Ruhmreiche Rumsorten«, so der jahrzehntelange Werbeslogan der Firma, hergestellt und abgefüllt wurden.

Angela durchquerte den Innenhof, schritt auf das Verwaltungsgebäude aus rotem Ziegel zu und nahm die breite geschwungene Treppe in den ersten Stock.

Im Vorzimmer des Firmenchefs knisterte die Luft vor Nervosität, und Angela, die forsch die Tür geöffnet und sofort die angespannte Atmosphäre wahrgenommen hatte, hielt inne, trat leise ein und schloss sanft die Tür hinter sich.

»Guten Tag allerseits, schon was Neues?«, grüßte sie.

In dem großen, gediegen möblierten und mit modernster Bürotechnik ausgestatteten Raum standen zwei Computer. An einem davon arbeitete montags bis freitags von acht bis halb fünf Peter Jessens Sekretärin Elke Gustavsson, eine mollige Brillenträgerin mit schwarzer Helmfrisur und mütterlichen Augen, die soeben mit einer Kaffeekanne im Chefbüro verschwand. Den anderen benutzte meist Jessens Sohn Alexander bei seinen unregelmäßigen Besuchen in der Firma. An diesem saß jetzt der von Zamzow beim Landeskriminalamt angeforderte IT-Spezialist. Er starrte auf den Bildschirm, nuckelte unentwegt an einer Literflasche Cola und rauchte hastig. Der junge Mann hatte etwas von einem Riesenbaby mit seinem kahl rasierten rosigen Schädel, dem Specknacken und den pummeligen Armen, nur seine Finger, mit denen er die Maus hin und her schob und die Zigarette hielt, waren erstaunlich grazil. Die schlanke Gestalt Zamzows beugte sich über seinen massigen Rücken und richtete sich bei Angelas Eintreten auf.

»Da bist du ja! Grüß dich!«, sagte er und strich sich die Haarsträhne hinters Ohr, die ihm sofort wieder ins Gesicht fiel. »Nein, noch nichts. Das ist übrigens Martin Prosch von der IT. Hauptkommissarin Tendrup«, stellte er vor und begrüßte Angela seinerseits mit einem markigen Händedruck. Der Informatiker nickte ihr nur zu, praktisch ohne die Augen von der Mattscheibe zu wenden. Die Sekretärin kam aus dem Vorstandsbüro zurück, stellte die Kaffeekanne ab und hielt Angela die vor Aufregung schweißfeuchte Hand hin. »Elke Gustavsson. Ich bin Herrn Jessens Sekretärin. Wollen Sie sich nicht setzen? Was ist das für ein trübes Wetter heute Morgen, hoffentlich klart es noch auf, im Radio haben sie das zumindest angekündigt. Darf ich Ihnen eine Tasse Kaffee anbieten?«

Angela nahm dankend an and fragte nach Süßstoff. Frau Gustavsson schüttelte bedauernd den Kopf und versicherte treuherzig: »Zucker ist Nervennahrung. Solange man es nicht übertreibt, schadet das nichts!«

Angela lächelte, nahm einen Würfel Zucker, hielt ihn in den dampfenden Kaffee, bis er halb abgeschmolzen war, und legte die andere Hälfte auf ihren Unterteller. Sie lehnte sich gegen einen Aktenschrank und rührte in ihrer Tasse. Die Zwischentür ging auf, und Peter Jessen erschien im Rahmen. Angela erschrak, so grau und übernächtigt sah er aus. Seine wasserblauen Augen waren rot gerändert, und die Hand, mit der er ihr einen guten Tag wünschte, war schlaff und zitterte leicht.

Ein paar Minuten lang standen alle unschlüssig um den Schreibtisch herum, an dem der Informatiker arbeitete, und blickten ihm über die Schulter. Prosch tippte, trank, klickte und rauchte hektisch. Zugleich verständigte er sich per Telefon mit einem Kollegen und redete, den Hörer zwischen den Kiefer und die hochgezogene Schulter geklemmt, in einer Sprache, die zu fünfundachtzig Prozent aus Abkürzungen bestand. Eine lange Aschewurst fiel von seiner Zigarette mitten auf die Tastatur und zerbröselte zwischen den Buchstaben. Ohne die Maus loszulassen oder den Blick vom Bildschirm zu wenden, packte Prosch das Keyboard mit einer Hand, drehte es um, klopfte es zweimal leicht auf, blies die herausrieselnde Asche über den Tisch, legte es wieder hin und tippte weiter. Frau Gustavsson schnaubte missbilligend, sagte aber nichts.

»Ich denke immer noch, dass wir die Öffentlichkeit informieren sollten, bevor noch mehr passiert«, sagte Angela, der das untätige Warten auf die Nerven ging.

»Das wäre mein Ruin!«, sagte Jessen heiser.

»Wenn sich noch mehr Leute am Großen Held vergiften, wäre es das auch«, versetzte Angela trocken. »Was spricht dagegen, sie zurückzurufen?«

Peter Jessen seufzte. »Das lässt sich kaum machen, ohne Aufsehen zu erregen. Genau das ist das Problem. Ohne den Großen Held ist es aus und vorbei. Dann gibt keiner mehr einen Pfifferling für die Firma. Er ist unser wichtigstes Standbein und das Geschäft, dem das Hauptinteresse jedes potenziellen Investors gilt.«

Zamzow mischte sich ein. »Ich würde nichts überstürzen«, sagte er. »Wir würden uns mit einer öffentlichen Warnung auch selbst keinen Gefallen tun.«

»Was soll denn das heißen?« Angela zog die Brauen hoch.

Zamzow strich sich die Haarsträhne hinters Ohr und lächelte charmant. »Angenommen, liebe Kollegin, wir machen das richtig, mit allem Drum und Dran, Rundfunk und Fernsehen. Dann wissen die Erpresser, dass es einen Toten gegeben hat. Dass ihr Gift gewirkt hat, bevor sie das Geld kassiert haben. Und dann werden sie es sich zweimal überlegen, ob sie das Risiko noch eingehen, zumal sie sich ja so einen sozialkritischen Anschein geben! Die Liga! So kriegen wir sie nie!«

Angela legte die Stirn in Falten. »Da ist nicht ganz von der Hand zu weisen. Nur allzu lange darf das nicht mehr so weitergehen. Ich schlage vor, dass wir uns selbst eine Frist setzen. Wie lange brauchen Sie für eine Rückrufaktion, Herr Jessen?«

»Den Artikel sperren und die Großhändler informieren,

das geht im Handumdrehen. Die müssten es dann übernehmen, die Kleinabnehmer zu kontaktieren. Ein paar Stunden, würde ich sagen.«

»Wenn die Gefahr bis morgen Abend nicht endgültig gebannt ist, geben wir die Warnung raus. Damit hätten wir ...«, sie sah auf die Uhr, »gut dreißig Stunden Zeit.«

Sinnend ruhte Zamzows Blick auf Angela, während sie ihre Fragen stellte und ihre Anordnungen traf, und er vergaß ganz, sich das Haar hinters Ohr zu streichen, so dass ihm eine lange Strähne über die Nase bis fast in den Mund wippte. Er musste sich widerwillig eingestehen, dass Angela ihm imponierte. Je länger er sie um sich hatte, desto süßer wurde ihm die Erinnerung an die gemeinsame Zeit. Smartie. Der Gedanke ließ ihn schmunzeln. Der alte Spitzname passte besser denn je zu ihr.

Angela trat neben ihn und riss ihn unbarmherzig aus seiner Nostalgie. »Die ehemaligen Mitarbeiter sind alle überprüft, nehme ich an«, sagte sie in unpersönlichem Ton.

Unwillkürlich nickte Zamzow dienstfertiger, als ihm lieb war. »Wir hatten insgesamt zwölf auf der Liste. Aber davon kann es eigentlich keiner sein. Sie haben alle anständige Abfindungen gekriegt oder sind zu großzügigen Konditionen in den Vorruhestand geschickt worden.«

»Und die Auslandsniederlassungen?«, erkundigte sich Angela weiter. »Habt ihr die auch gecheckt?«

»Jessen beliefert fast ganz Europa. Das sind an die dreißig Repräsentanzen!«, gab er zurück. Er fühlte sich abgefragt wie ein Schuljunge, und Angela registrierte seinen beleidigten Unterton. Sie unterdrückte ein Schmunzeln und sagte nur: »Na, dann los!«

Zamzow nickte, und auch Jessen brummte zustimmend.

Die Tür zum Flur ging auf, und ein hagerer junger Mann steckte zuerst den Kopf herein, bevor er seine Einmeterfünfundneunzig in voller Länge nachholte. Er trug Jeans und ein Lederjackett, hatte das krause fuchsrote Haar im Nacken zu einem kurzen Pferdeschwanz gebunden und war, abgesehen davon, dass er ihn um fast einen Kopf überragte, seinem Vater wie aus dem Gesicht geschnitten. Aus den typischen wasserhellen Jessen-Augen starrte er überrascht auf die unerwartete Versammlung, die ihn sichtlich in Verlegenheit brachte. Außer dem Informatiker wandten sich ihm alle zu.

»Mein Sohn Alexander«, sagte Jessen überflüssigerweise. »Die Herrschaften sind von der Kriminalpolizei.«

»Hallo, Alex! Ein Käffchen?«, flötete Frau Gustavsson dazwischen.

»Ich, äh ..., moin, ja, gern, Frau Gustavsson!« Er lächelte sie kurz an und fragte dann zögernd in die Runde: »Was ist denn? Ein neuer Drohbrief?« Er klang alarmiert, wenn auch nicht allzu sehr.

»Alex ist natürlich informiert. Er arbeitet auch hier«, beantwortete Jessen Angelas fragenden Blick.

»Angela Tendrup, guten Morgen«, sagte sie und reichte dem Junior die Hand. »Worin besteht Ihre Tätigkeit hier, wenn ich fragen darf?«

Alexander Jessens Augen irrlichterten noch einen Moment durch den Raum und konzentrierten sich dann auf Angela. »Normalerweise pflege ich unseren Internetauftritt, koordiniere das Berichtswesen und helfe im Controlling. Aber in letzter Zeit habe ich vorwiegend für meine Diplomarbeit recherchiert. Ich studiere noch, das heißt, ich schreibe gerade Examen. Betriebswirtschaft.«

»Und dann treten Sie in Vaters Fußstapfen?«

»Nicht direkt. Ich werde ab Oktober das Marketing übernehmen.« Jessen senior mischte sich ein.

»Für seine Abschlussarbeit entwirft er ein Investitionsszenario, mit dem sich der Marktanteil in zwei Jahren um zehn Prozent steigern lässt, belegt mit Daten unserer eigenen Firma. Bei uns hat er das nämlich schon mit Erfolg umgesetzt«, erklärte Jessen stolz. »Die Großer-Held-Kampagne war Alex' Idee, müssen Sie wissen!« Er lächelte seinen Sohn an, und Alex lächelte zurück. Das gute Einvernehmen zwischen Vater und Sohn war unübersehbar. Die befriedigte Miene des Alten verrutschte jedoch gleich darauf zu einer weinerlichen Grimasse. »Und jetzt droht der Untergang!« Jessen packte seinen Sohn mit beiden Händen an den Oberarmen. »Alex, Junge, es ist etwas Schreckliches ...«

Angela legte die Fingerspitzen auf Jessens Handgelenk und unterbrach ihn mit sanfter Stimme. »Halt! Herr Jessen, Sie sollten Ihren Sohn nicht so überfallen. Ich würde mich gern ein paar Minuten mit ihm allein unterhalten und bringe ihn auch gleich auf den neuesten Stand.«

Jessen schien einen Augenblick lang protestieren zu wollen, doch dann ließ er Alexanders Nappaärmel los, wies auf die Tür zu seinem Büro und sagte nur: »Bitte.«

Alexanders Adamsapfel hüpfte deutlich sichtbar in seiner Kehle, und seine Lider flatterten. Gehorsam ging er ins Zimmer seines Vaters voran.

Angela trat zu Zamzow und senkte die Stimme: »Und der Sohn, was wissen wir über den?«

Zamzow zuckte die Achseln und wich ihrem Blick aus. »Ich hab eben erst erfahren, dass es ihn überhaupt gibt.«

Sie rollte nur mit den Augen, verschwand hinter Alexander Jessen im Nebenzimmer und schloss die Tür. Irritiert sah Zamzow ihr nach.

XVIII

Im Büro des Vorstandsvorsitzenden und Geschäftsführers Peter Jessen war die Geschichte des Hauses Jessen omnipräsent: In einer Ecke stand das erste Fass, das der Ururururgroßvater Kapitän Oluf Jessen mit seinem eigenen Zweimaster aus St. Croix angeliefert hatte, der, von graugrünen Wellen umtost, in Öl verewigt und in reichlich Blattgold gerahmt, darüber an der Wand hing. Auch die übrigen Wände waren mit alten Gemälden und Fotos bedeckt: Ahnen, Segelschiffe, schwarze Arbeiter im Zuckerrohr, Geld. Daguerreotypien des Betriebs in seiner bescheidenen Anfangszeit, der allmähliche Ausbau im Zuge seines Aufstiegs in Schwarzweiß, Farbaufnahmen der Produktion in allen Stufen, die verschiedenen Etiketten und Marken im Laufe der Jahrzehnte. Peter Jessens Büro war ein einziges Museum. Ein mit dickem braunen Leder bezogener Drehsessel stand hinter einem beschnitzten Eichenschreibtisch, auf dem man vergeblich nach einem Computerbildschirm Ausschau hielt. Gegenüber gab es einen Besuchertisch, umgeben von bequemen Sesseln. Dort nahmen die Kommissarin und Jessen junior Platz.

Angela holte aus ihrer Tasche ein Diktiergerät, schaltete es an und legte es auf den Tisch. »Sie kennen die Erpresserschreiben?«, fragte Angela. Alexander nickte. »Haben Sie irgendeine Idee, von wem sie sein könnten?«

Alexander holte tief Luft und schüttelte den Kopf. »Nicht die geringste. Aber ich hab eine solche Wut auf den Kerl!«

»So? Interessant«, sie sah ihm forschend ins Gesicht und wäre am liebsten sofort mit ihrer Frage herausgeplatzt, wartete aber damit und suchte den Umweg. »Könnte etwas Persönliches dahinter stecken? Haben Sie selbst zum Beispiel viele ... Scherben hinterlassen?«

Seine hellen Augen verengten sich zu belustigten Schlitzen. »Sie meinen Rache aus verschmähter Liebe? Oje! Soll ich Ihnen eine Liste machen?«

»Vielleicht keine schlechte Idee«, konterte Angela und zog eine Augenbraue hoch. »Zynismus macht mich immer hellhörig.«

Alex wurde wieder ernst. »Nein, ohne Flachs, sicher gibt's in meinem Leben ein paar Liebesgeschichten, die nicht sehr freundschaftlich auseinander gegangen sind, aber das hier ist ein anderes Kaliber! Um Himmels willen, einer, der droht, Leute zu vergiften! Aber ich glaube, nein, ich bin sogar überzeugt, dass er nur ein Großmaul ist und das niemals wahr machen würde.«

»Was macht Sie so sicher?«, fragte Angela.

Jessen zuckte die Achseln und zögerte einen Moment mit der Antwort. »Ich ... kann mir einfach nicht vorstellen, dass jemand so was tut.«

Angela nickte bedächtig und beugte sich dann lächelnd vor. »Nehmen Sie mir die Frage nicht übel, aber für einen Studenten sind Sie ja schon ziemlich reif. Ist das mit der Betriebswirtschaft so was wie ein zweiter Bildungsweg?«

»Erraten.« Alexander lächelte auch. Er wirkte nervös und atmete wieder tief durch, bevor er weitersprach. »Eigentlich bin ich Musiker. Perkussionist. Jetzt spiele ich nur noch manchmal zum Spaß, samstags in einer Salsa-Gruppe. Ich bin jahrelang herumgereist, in ganz Lateinamerika. Die längste Zeit war ich auf den Westindischen Inseln, Kuba, Haiti ... Aber wegen der Musik, nicht wegen des Rums!«

»Ah, Kuba!«, seufzte Angela, »da möchte ich auch mal hin! Darf ich weiterraten?« Sie zwinkerte ihm schelmisch zu, ehe sie fortfuhr. »Und dann hat Papa den Geldhahn zugedreht, weil's der Firma schlecht ging, und die Reise war zu Ende.«

»So ähnlich«, nickte er und grinste schief. »Mein Vater wollte immer, dass ich ins Geschäft einsteige. Von meiner Musik versteht er zwar nichts, aber gehalten hat er trotzdem nie was davon.« Nach einer kleinen Pause fuhr er fort. »Aber, ehrlich gesagt, glaube ich selbst nicht, dass ich gut genug bin, um es als Musiker wirklich zu was zu bringen.« Er brach ab.

»Und so haben Sie sich schließlich doch für die Managerkarriere entschieden«, ermunterte Angela ihn weiterzusprechen.

»So ähnlich«, wiederholte Alexander nur.

Als er Sekunden später immer noch schwieg, versuchte Angela, ihm auf die Sprünge zu helfen. »Erzählen Sie, haben Sie sich gleich entschlossen zu studieren, oder sind Sie erst nach dem Erfolg Ihrer Erfindung auf den Geschmack am Business gekommen?«

Alexander schlang die bleichen, mit Sommersprossen übersäten und von hellrotem Flaum bedeckten Hände ineinander, dass die Knöchel weiß hervortraten. »Na ja«, begann er zögerlich, hob dann aber den Blick und schien sich zu einer offenen Antwort zu entschließen. »Vor zwei Jahren war die Firma so gut wie am Ende, die Insolvenz schien nicht mehr abwendbar. Aber für das Großer-Held-

Projekt hat mein Vater der Bank dann doch noch einen Kredit abschwatzen können, und das hat alles wieder rausgerissen.«

»Und auch die Vater-Sohn-Beziehung ins Lot gebracht, wie's aussieht«, bemerkte Angela.

Alexander wand sich, hob verlegen die Schultern und nickte dann verhuscht.

Angela lächelte verständnisvoll und fragte freundlich: »Und die zündende Idee, Cuba libre schlückchenweise abzufüllen, ist die Ihnen beim Trommeln gekommen?«

Die arglose Frage schien Alexander unverhältnismäßig zu verwirren, denn sie setzte in seinem Gesicht die reinste Lightshow in Gang. Seine Farbe wechselte von Totenblass zu Fieberrot, und Sekunden später war er vom Haaransatz bis zum Lederkragen von einem pinkweißen Leopardenmuster überzogen. Dabei saß er stocksteif auf der Sesselkante, und als er sich mit einer fahrigen Geste in den Nacken griff, hinterließ seine Hand einen nassen Abdruck auf der Armlehne. Angelas Blick verfolgte gebannt einen Schweißtropfen, der ihm über die Schläfe, am Ohr vorbei, den Unterkiefer entlang bis zum Kinn rollte und schließlich auf sein schwarzes T-Shirt fiel, wo er einen dunklen Fleck hinterließ. Er fuhr sich mit den Handflächen ein paarmal kräftig über das Gesicht und schien sich wieder einigermaßen in der Gewalt zu haben.

»Na ja ...« Er hüstelte und setzte erneut an: »Geboren wurde die Idee im Grunde aus dem Aufstieg der Alcopops, die ja vor einiger Zeit plötzlich überall der Renner waren. Die waren sehr schnell sehr erfolgreich, sind aber dann ja schwer in die Kritik geraten, ich glaube, in Frankreich hat man sie sogar verboten.« Sein Ton wurde lockerer, und man merkte, dass er diesen Vortrag nicht zum ersten Mal hielt. Er sah Angela nicht an dabei, sondern ließ den Blick durch den Raum schweifen, als spräche er zu einem größeren Publikum. »Also wollten wir zwar auch ein Mixgetränk im Taschenformat machen, aber nicht in dem Format und so eins, das als Fruchtsaft-Vitamin-Fitness-Cocktail daherkommt und heimlich ein bisschen Alkohol hat, sondern einen ehrlichen Schluck mit einem ordentlichen Schuss extra-hochprozentigem Rum. Deshalb richtet sich unsere Werbung auch nicht an die Kids, eher an Kenner.«

»Und das funktioniert?«

»Und wie! Alle trinken sie Großer Held, die Kids und die Kenner! Und dabei haben wir außer der Plakatserie kaum Werbung gemacht. Die hat im Nu für einen unglaublichen Bekanntheitsgrad gesorgt.«

»Lag vielleicht am Model«, sagte Angela.

Alexander hatte zwar immer noch ein paar hektische Flecken auf Wangen und Hals, schien jedoch mehr und mehr in seinem Element. »Ja«, sagte er, fast mit einer gewissen Begeisterung, »das war meine Werbestrategie dazu: kein professionelles Model. Ein Sympathieträger aus der Nachbarschaft.«

Angela hob die Augenbrauen. »Genau dasselbe habe ich kürzlich schon mal gehört.«

Alex lachte auf. »Wahrscheinlich von meinem Vater. Der wird nicht müde, es in alle vier Winde zu posaunen.«

»Nein«, murmelte Angela, »irgendwie hab ich es ganz wörtlich im Ohr ...«, und für einen Augenblick stand eine grüblerische Falte über ihrer Nasenwurzel.

»Das Casting lief damals unter dem Motto: Jessen sucht den coolsten Jungen von nebenan«, erzählte Alexander munter weiter. »Es ging um einen Werbevertrag über eine halbe Million Euro, und wir wollten ein männliches Model, mit dem die Leute sich identifizieren konnten, aber mit einem bisschen Duft der großen weiten Welt.«

»Und so haben Sie Ihren Flensburger Che Guevara gefunden.«

»Ja, passend zum Slogan vom ›Klassiker im revolutionären Format‹.«

»Und weil Janine Peters gemeint hat, Baumgartner würde aussehen wie der Che«, ergänzte Angela.

Alexander sah sie verdutzt an. »Janine Peters? Wie kommen Sie denn auf die?« Sein Mund verzog sich zu einem unsicheren Lächeln.

Angela winkte ab. »Mir ist nur gerade wieder eingefallen, dass sie es war, die zu mir gesagt hat, die Idee mit dem Nachbarschafts-Casting sei von ihr gewesen. Aber sich mit fremden Federn zu schmücken ist in dieser Branche ja an der Tagesordnung«, setzte sie in beiläufigem Plauderton hinzu.

»Aber wieso haben Sie mit Janine ...?« Alexander kam aus dem Staunen nicht heraus. Er schwitzte wieder stärker.

Angela schlug die Beine übereinander und legte die Hände in den Schoß. »Herr Jessen«, sagte sie förmlich, »ich muss Ihnen die traurige Mitteilung machen, Walter Baumgartner ist tot.«

»Was?!«

Seine Augäpfel schienen aus den Höhlen zu treten. In seinem Gesicht begann wieder das rotweiße Farbenspiel. Der Schweiß trat ihm aus allen Poren.

Angela legte nach. »Vergiftet mit Zyanid in Großer-Held-Fläschchen. Von den Erpressern vermutlich, die sich Liga nennen. Von denen Sie aber ab dem ersten Moment als ›er‹ gesprochen haben! Mir ist klar, Sie müssen ihn kennen!«

»O Gott!« Alexander blinzelte und rieb sich die Augen, als glaubte er, in einem Alptraum gefangen zu sein, und versuchte, sich gewaltsam daraus zu befreien. Er war jetzt so blass, dass seine Sommersprossen wie Schokoladensprengsel aussahen. Er ließ die geballten Fäuste fünf-, sechsmal auf den Tisch krachen, dass das Diktiergerät hochsprang, bis Angela es rettete, aufstand und sein Handgelenk festhielt, weil sie um die zentimeterdicke Glasplatte fürchtete. Der Blick, mit dem er zu ihr aufsah, traf sie bis ins Mark, so voller Verzweiflung.

»Das Schwein!«, flüsterte er, senkte den Kopf und sackte in sich zusammen.

Sie ließ ihn los und wollte sich wieder setzen, da packte er sie seinerseits am Handgelenk. Mit flackernden Augen sah er zu ihr auf.

»Ich hätte nie gedacht, dass er so weit geht, das schwör ich!«, stieß er atemlos hervor.

»Ich wusste, dass Sie wissen, wer er ist«, sagte Angela.

»Herrgott, ja!«

Angela befreite ihre Hand aus seinem Klammergriff, und er ließ es geschehen. Sie setzte sich ihm gegenüber und lehnte sich über den Tisch.

»Also helfen Sie uns zu verhindern, dass noch mehr passiert!«, sagte sie leise und eindringlich.

»Jetzt ist es aus. Wenn mein Vater das erfährt, schmeißt er mich raus«, sagte er kläglich.

»Wenn Ihr Vater was erfährt?« Alexander gab keine Antwort, starrte vor sich hin. Angela fragte hart nach.

»Wie heißt er?!«

»Henrik Pirsen.«

»Wer ist Henrik Pirsen?«, insistierte Angela.

»Unser ehemaliger Dänemark Repräsentant.«

Angela erhob sich. »Warten Sie hier!«, wies sie Alexander an, schaltete das Gerät aus, verließ den Raum und ging ins Vorzimmer.

Zamzow stand neben dem IT-Menschen, schaute auf, als Angela eintrat. Sie fühlte ihren Erfolg und bezwang sich, ihn nicht hinauszuschreien, stattdessen sagte sie, betont cool: »Torsten, check mal dringend einen Mann namens Henrik Pirsen, Ex-Repräsentant der Jessen AG in Dänemark. Die Daten findest du sicher hier in der Firma. Stell fest, wo er jetzt ist und was er macht! Er ist der Erpresser. Und ruf bitte Baake an, er soll herkommen und mir bei der Vernehmung helfen.«

Zamzow fiel die Klappe runter, aber dann nickte er und grinste: »Okay, Chef!« Angela grinste zurück, so viel Humor hatte er früher nicht.

Angela ging zurück ins Vorstandszimmer.

Sie legte das Diktiergerät wieder auf den Tisch und schaute den in sich versunkenen Mann an. »Wovor haben Sie Angst?«, fragte sie.

»Dass rauskommt, dass ich meinen Vater belogen habe!«

Alexander Jessen legte die Unterarme auf den Tisch und verbarg das Gesicht darin. Seine Schultern zuckten.

Dann hob er doch den Kopf und erzählte: »Henrik und ich haben zusammen gearbeitet und darüber nachgedacht, was wir machen können, um der Firma zu helfen. Er hatte die Idee für den Namen Großer Held, weil er das Gegenteil von einem Getränk, das ›Kleiner Feigling‹ hieß, war. Aber mir fiel dazu Kuba ein und Che Guevara. Pirsen wollte Null-Komma-zwei-Liter-Flaschen Alcopops auf den Markt bringen, aber das wollte ich nicht und mein Vater auch nicht. Also haben wir kleinere Vier-zehntel-Liter-Fläschchen verwendet. Pirsen wollte einen Anteil am Gewinn und der Urheberschaft am Produkt und der Idee. Mein Vater hat ihn rausgeschmissen, nachdem ich geschworen habe, es sei alles meine Idee gewesen.« Angela nickte.

»Verstehe, es war also gemeinsame Sache?«

Alexander schüttelte den Kopf. »Pirsen hat behauptet, alles stamme von ihm und das ist falsch, aber ... ein Teil schon.«

Angela überlegte. »Darum hat er einen Prozess verloren?«

Alexander schüttelte wieder den Kopf. »Mein Vater hat ihn abgefunden. 200.000 Euro vor anderthalb Jahren. Pirsen hat das Geld genommen und geschimpft, das sei viel zu wenig. Seitdem haben wir nichts mehr gehört.«

»Aber Sie haben gleich an ihn gedacht. Wieso?«, wollte Angela wissen.

Alexander leckte sich die Lippen. »Wegen der Liga. Auch das war seine Idee. Er wollte eine Liga gegen Jugendalkoholismus gründen und damit die Alcopops als Konkurrenten vom Markt fegen, damit unser Produkt ...«

In dem Moment betrat Baake den Raum. Angela befürchtete, es sei ein falscher Zeitpunkt, aber sie rettete die Situation. »Herr Baake, mein Assistent. Das ist Alexander Jessen«, stellte sie die beiden vor. Dann forderte sie Baake auf: »Setzen Sie sich ruhig hierhin, und schreiben Sie bitte später die Vernehmung vom Diktiergerät ab.«

Baake spürte, worum es ging, und setzte sich geräuschlos auf einen Besuchersessel. Angela konzentrierte sich wieder auf Alexander Jessen. »Gerissener Kaufmann, dieser Pirsen. Ohne Skrupel, aber der Mord ...«

Alexander ereiferte sich. »Das hätte ich auch nie gedacht, deshalb hab ich ja nichts gesagt. Früher ...«

Alexander schossen die Tränen in die Augen. Schweigend sah er zum Fenster hinaus.

Es klopfte, und im nächsten Augenblick stand mit schreckgeweiteten Augen Frau Gustavsson in der Tür. Ihre Wangen und ihr Hals waren von hektischen roten Flecken übersät, und vor Aufregung versagte ihr die Stimme, so dass sie zweimal ansetzen musste.

»Ei... eine neue Nachricht!«, krächzte sie.

Alexander sprang wie elektrisiert auf. Angela und Baake erhoben sich.

Angela nahm das Diktiergerät, gab es Baake und befahl: »Abschreiben. Nehmen Sie ihn mit, damit er unterschreibt.«

Dann gingen alle drei hinaus ins Vorzimmer, um die Nachricht auf dem Bildschirm zu lesen, die der Drucker bereits leise ächzend in mehreren Kopien herausschob:

»Drei Millionen in 50ern, Reisetasche mit den Maßen 60 x 30 x 30 cm. Kein Koffer. Zu überbringen durch Alexander Jessen. Er soll das Handy mit der Nummer 0171-80557558 mit aufgeladenem Akku empfangsbereit bei sich tragen. Sie haben bis morgen früh Zeit, das Geld vorzubereiten. Dann erfahren Sie wo, wie und wann.«

Alexander Jessen stand wie eine Salzsäule mitten im Raum. »Ich?«

Angela sah ihn an. »Ist das Ihre Handynummer?«

Alexander nickte. Er war weiß wie ein Blatt Papier, und ein Schauder brachte seinen baumlangen Körper zum Erbeben. Er taumelte, wankte zu einem Stuhl und ließ sich darauf fallen.

»Gut«, sagte er und räusperte sich. »Das ist ja wohl das

Mindeste, was ich tun kann, um meinen Fehler wieder auszubügeln ...«

»Welcher Fehler? Kommt gar nicht in Frage!«, unterbrach ihn sein Vater. »Der bringt dich vielleicht auch noch um. Dass er vor Mord nicht zurückschreckt, hat er ja bewiesen.«

»Alex, tu das nicht!«, flehte auch Frau Gustavsson mit überschnappender Stimme.

»Ja, das ist viel zu gefährlich«, pflichtete ihnen Zamzow bei. »Ich halte das Risiko, dass der Erpresser durchdreht, auch für zu groß!«

Nur Angela nickte Alexander zu und sagte, unbeeindruckt von dem dreistimmigen Protest: »Ach was! Das kriegen Sie hin! Wir passen auf, dass Ihnen nichts passiert, keine Sorge. Wir werden jede Vorsichtsmaßnahme treffen und dafür sorgen, dass sich alle notwendigen Kräfte morgen früh auf Abruf bereithalten. Und dann schnappen wir ihn uns! Und jetzt begleiten Sie bitte Herrn Baake aufs Präsidium.«

Alexander Jessen und Baake verließen den Raum.

»Wieso?«, fragte Jessen senior, aber er wurde unterbrochen.

Prosch stieß ein triumphierendes Pfeifen aus und schlug einen wilden Trommelwirbel auf dem Schreibtisch, dass die Kippen aus dem überquellenden Aschenbecher sprangen. »Yeah, das hätten wir!«, jubelte er mit schiefem Mund neben seiner Zigarette hervor, und alle wandten sich ihm erwartungsvoll zu. »Diese letzte Mail kommt aus einem Internetcafé in Glücksburg!«

»Na, toll!«, sagte Angela ohne Begeisterung. »Diese Erkenntnis bringt uns jetzt auch nicht mehr weiter. Herr Pirsen hat vor dem Frühstück morgen sicher noch eine Menge zu tun, da muss er ja langsam zusehen, dass er anreist.«

»Wer ist Herr Pirsen?«, fragte der Informatiker verdutzt.

»Der mutmaßliche Absender, Herr Prosch. Wir sind der Elektronik schon um mehr als eine Nasenlänge voraus.« Geflissentlich übersah sie Proschs gekränkte Miene.

»Ich möchte diese Mailbox ununterbrochen überwacht haben! Und ich will sofort Bescheid haben, zu jeder Tages- und Nachtzeit. Hier erreichen Sie mich immer.« Sie langte sich einen Kuli vom Schreibtisch, malte einen dicken Kringel um die Handynummer auf ihrem Kärtchen und legte ihm dieses nachdrücklich vor die Nase. »Verstehen Sie auch was von Telefonen?«, ging sie sofort zum nächsten Thema über. »Wenn nicht, schaffen Sie einen her, der was davon versteht. Fragen Sie Jessen juniors Provider, und besorgen Sie vier oder fünf identische Handyspeicherkarten, damit wir mithören können, was der Erpresser ihm erzählt.«

Zamzow grinste leicht spöttisch. »Bist du jetzt fertig mit Aufgabenverteilen?«

Angela ging mit keinem Wimpernzucken auf seinen Ton ein. Kühl gab sie zurück: »Nicht ganz, du fehlst noch. Du bringst bitte deine Leute aus Kiel in Bereitschaft. Wir werden das SEK und das MEK brauchen und, wenn's geht, einen Hubschrauber. Ah, und ich will diese Leute nicht als Ninjas oder Saurier verkleidet, sondern unauffällig unters Volk gemischt! Zwei Scharfschützen wären vielleicht auch kein Luxus. Alles klar?«

Zamzow brachte vor Verblüffung nur ein knappes Nicken zustande. Prosch hatte bereits den Hörer am Ohr und ließ sich mit der Abteilung für Kommunikationstechnik verbinden.

XIX

Man hörte das Geschrei der Kinder und Majas mahnende Stimme bis auf die Straße, so dass Angela und Baake, als sie vor dem gepflegten Einfamilienhaus aus dem Wagen stiegen, gar nicht erst klingelten, sondern um das Haus herum direkt an den Gartenzaun gingen und winkten. Maja, die damit beschäftigt war, die Blumenbeete zu sprengen, legte den Schlauch aufs Gras und kam zum Gattertörchen. Sie trug Jeans und T-Shirt, darüber eine Strickjacke, alles in Schwarz, ihr Gesicht wirkte leicht aufgedunsen, ihre Augen waren verschwollen, aber sie begrüßte die beiden freundlich und gefasst. Der Garten hinter dem Haus war ein von Sträuchern und Blumenbeeten gesäumtes Stück Wiese. Es gab einen Kirschbaum, einen Nussbaum, eine eiserne Kinderschaukel und einen mit Platten belegten Platz für die Sitzecke. Auf dem Tisch standen ein Saftkarton und zwei mit Dinosauriern bedruckte Gläser. Die siebenjährige Laura, ein zartgliedriges Mädchen mit feinem weißblondem Haar, kauerte am Boden und stocherte mit einem Hölzchen zwischen den Ginsterstauden herum, während der kleine Max ihr mit seinem knallroten Plastikauto ständig in den Weg fuhr. Sie schrie ihn an, und er fing an zu plärren. Maja seufzte.

»So geht das die ganze Zeit. Ich hab's ihnen heute Morgen gesagt. »Sie begreifen es noch nicht richtig, aber sie sind vollkommen verdreht. Dass was Schreckliches passiert ist, fühlen sie natürlich ganz klar. Laura hat sehr an ihrem Vater gehangen ...« Sie brach ab und kämpfte mit den Tränen.

Max schrie wie am Spieß. Er streckte ein kurzes, rundliches Bein aus dem Auto und trat nach seiner Schwester, die ihm mit ihrem Stöckchen gegen die Wade schlug.

Mit resolutem Schritt kam die Großmutter aus dem Haus. »Hört sofort auf, euch zu streiten!«, rief sie und hielt überrascht inne, als sie die Besucher sah, trat zu ihnen und reichte ihnen die Hand.

Angela sagte: »Wir wissen jetzt einiges und haben noch ein paar Fragen!«

»Lassen Sie mich nur schnell diesen Schreihals zur Ruhe bringen«, sagte Gerda und eilte zu den streitenden Kindern. Sie hockte sich zu ihnen, nahm Laura das Stöckchen aus der Hand und setzte Max wieder richtig in sein Auto, während sie leise auf die beiden einredete. Laura nickte, ergriff ihr Stöckchen und wandte sich ab. Gerda gab ihr einen Kuss auf den Hinterkopf, richtete sich auf und ging zu den anderen, die inzwischen am Tisch Platz genommen hatten. Max strampelte seiner Oma hinterher, fuhr im Kreis um die Tischrunde herum und krähte durchdringend: »Tatütatatatütata!«

»Max, bitte!«, sagte Maja müde.

»Da drüben, Herr Brandmeister, da ist das Feuer! Siehst du, da hinten, da brennt's!« Gerda Stielke wies auf das andere Ende des Gartens, der Kleine trat mit lauten Tatütatas in die Pedale, und sie setzte sich aufseufzend an den Tisch.

Angela räusperte sich. »Wir ermitteln in diesem Fall wegen Mordes.«

Maja und ihre Mutter erstarrten und sahen zuerst Angela, dann einander entsetzt an.

»Jemand soll Walter umgebracht haben?«, flüsterte Maja schließlich ungläubig.

»Den Verdacht haben wir!« Angela nickte.

»Das Getränk war vergiftet«, assistierte ihr Baake. »Im Flaschenverschluss war ein Loch.«

Maja sank der Unterkiefer herab, sie stierte Baake mit leerem Gesichtsausdruck an.

»Wo hat Ihr Mann seine Getränke normalerweise gekauft?«, fragte Angela.

Maja zuckte die Achseln. »Die Einkäufe macht meine Mutter. Im Supermarkt, oder?«, wandte sie sich an Gerda Stielke.

»Manchmal«, erwiderte die, »aber meistens beim Peer, dem Kiosk gleich hier vorne an der Schleswiger, und ab und zu hat Walter was von der Tankstelle mitgebracht.«

Vom hinteren Teil des Gartens tönte Mäxchens fröhliches Tatütata zu ihnen herüber.

»Um Gottes willen, Max, was machst du denn da!« Gerda Stielkes Ausruf unterbrach das atemlose Schweigen, das sich über den Tisch gesenkt hatte. Mäxchen stand mitten auf der Wiese, wo er das Ende des Gartenschlauchs aufgelesen hatte, hielt mit beiden Händen den Pistolengriff des Ventils umklammert, zielte auf das Tulpenbeet und köpfte mit dem scharfen Wasserstrahl eine Blume nach der anderen. Seine Großmutter rannte zum Haupthahn und drehte ihn zu. Als Max bemerkte, dass das Spiel zu Ende war, begann er durchdringend zu kreischen. Frau Stielke nahm ihn auf den Arm, murmelte eine Entschuldigung und trug ihn ins Haus.

Maja hatte die Szene zwar mechanisch mit den Augen

verfolgt, schien jedoch in Gedanken ganz woanders zu sein und die Verwüstung ihres Gartens gar nicht wahrgenommen zu haben.

Jetzt richtete sie den Blick forschend auf Angela. »Dann ist an dieser Erpressergeschichte also doch was dran?«

Angela krauste die Stirn. »Was wissen Sie darüber?«

»Walter hat vor ein paar Tagen behauptet, jemand würde die Rumfirma damit erpressen, Großer Held zu vergiften.«

»Und das hat er Ihnen einfach so erzählt?«

»Nein, nicht einfach so. Im Zorn. Wir hatten Streit, weil ich Laura ein Akkordeon kaufen will und ihn um das Geld gebeten habe ...«

»Hatten Sie öfter Streit ums Geld?«, fragte Baake dazwischen.

»Manchmal.«

»Und was ist aus dem Akkordeon geworden?«, fragte Angela.

»Nichts. Das ist es ja. Er hat gesagt, das könnte er sich nicht leisten, weil es jetzt mit dem großen Geld erst mal vorbei wäre. Die Firma hätte wegen dieser Giftdrohung die Werbung vorläufig ausgesetzt.« Nach einer Pause fügte sie hinzu: »Ich hab ihm kein Wort geglaubt, weil das doch in der Zeitung gestanden hätte oder im Fernsehen gekommen wäre. Ich hab gedacht, er wollte sich nur wieder rausreden. Ich hab sogar gedacht, sie hätten ihn vielleicht rausgeschmissen, weil er ständig betrunken war, und dass er das mir gegenüber nicht zugeben wollte.«

Baake hakte noch einmal nach. »Haben Sie finanzielle Probleme?«

»Na ja ...«, Maja zuckte die Achseln, »mit meinem Anteil an der Tankstelle allein kämen wir nur so eben über die Runden. Mein Mann hat im letzten halben Jahr sicher viel

Geld verdient, aber er hatte auch einen ziemlich aufwändigen Lebensstil. Wir hier zu Hause haben von seinen Einnahmen jedenfalls nie etwas gesehen. Und als meine Mutter nach dem Tod meines Vaters ihre Landwirtschaft verkauft hat, ist sie zum Glück in den Kredit für das Haus eingestiegen, sonst hätten wir das Dreifache an Zinsen zahlen müssen.«

»Und trotzdem bewohnt sie nur dieses Kämmerchen?«, fragte Baake erstaunt.

Maja nickte trübselig. »Sie hat noch nie viel gebraucht. Und weil Walter anfangs nicht damit einverstanden war, dass sie bei uns einzieht, hat sie sich dort unten eingerichtet, damit er nicht das Gefühl hat, sie wollte ihm irgendwas streitig machen. Sie hat sich immer bemüht, ihn nicht zu stören. Dabei weiß ich gar nicht, was ich in den letzten Monaten ohne sie gemacht hätte ...« Ihre Augen füllten sich mit Tränen, aber sie schluckte hart, zog ein Taschentuch heraus und schneuzte sich energisch.

»Was haben Sie von diesem Getränk noch im Haus? Dürfte ich mir das mal genauer ansehen?«, fragte Baake, und als er Majas erschrockene Miene sah, setzte er in entschuldigendem Ton hinzu: »Nur der Vollständigkeit halber, reine Formalität.«

Maja nickte und stand auf. Baake folgte ihr ins Haus.

In der Küche saß Max in seinem Hochstühlchen und grub vergnügt mit allen zehn Fingern in einer Apfelsinenhälfte, während Gerda Stielke Kaffeegeschirr und Kekse auf ein Tablett stellte.

»Sie und Ihre nette Kollegin trinken doch sicher ein Tässchen mit uns!«, sagte sie liebenswürdig, ergriff das Tablett und trug es in den Garten.

Baake ging hinter Maja die Betontreppe zum Souterrain

hinunter und bemerkte, dass sich seit seinem ersten Besuch dort einiges verändert hatte. Durch die weit offene Tür zur Schlafkammer der Großmutter sah er zwischen den massiven Eichenmöbeln nur noch das aufgeklappte Bügelbrett, denn das schmale Ikea-Bett stand jetzt gegenüber im Fitnessraum mitten in dem breiten Lichtstrahl, der durchs Fenster fiel. Die Werbeplakate waren verschwunden, Laufband und Hometrainer an die Wand gerückt, und an der offenen Saunatür hingen ein geblümter Damenbademantel und ein buntes Kinderbadetuch mit Kapuze. Maja trat zu einer großen Umzugskiste, zog die Deckellaschen auseinander und blickte melancholisch auf vier oder fünf Paar unterschiedlich schwere Hanteln und Gewichtsmanschetten, ein paar Gymnastikbänder, ein Springseil. Sie nahm einen Pulswärmer heraus und drückte ihn an die Brust. Den Kopf gegen die Wand gelehnt, fing sie leise an zu weinen.

Im toten Winkel hinter der Sauna türmten sich unverrückt die Großer-Held-Kartons. Die Stirn in grüblerische Falten gelegt, betrachtete Baake den Stapel eine gute Weile, wobei er sich seiner kläglichen Zählversuche erinnerte. Er zückte eine Lupe und warf Maja einen verlegenen Blick zu.

»Ich finde allein wieder raus. Gehen Sie nur zu den anderen, das dauert hier ein Weilchen«, sagte er.

Maja stieg die Treppe wieder hinauf, und er begann, die Verschlusskappen der Fläschchen zu inspizieren, wobei jedoch die monströse Kraftmaschine an der Wand gegenüber immer wieder magisch seinen Blick anzog. Wie er nicht anders erwartet hatte, waren an den Flaschen keinerlei Anzeichen für eine Manipulation zu erkennen. Schwungvoll hievte er den letzten Karton wieder auf den

Stoß und fegte ein paar einzelne Fläschchen mit dem Unterarm in die große Kiste. Dabei flutschte eines weg, und er fing es mit blitzartiger Reflexbewegung gerade noch im Flug. Grinsend steckte er es samt Lupe in die Tasche und näherte sich neugierig dem Hometrainer. Er umschlich ihn ein paarmal, kalkulierte die Gewichte, ruckelte an der Fußstütze, nahm schließlich zögernd auf der Sitzbank Platz, fasste nach den Griffstangen über sich und zog daran.

»Herr Baake? Was machen Sie da unten?«

Kaum hörte er Angelas ungeduldige Stimme, kamen auch schon ihre eiligen Schritte die Treppe herunter, und im nächsten Augenblick erschien sie in der Tür zum Fitnessraum. Baake schaffte es gerade noch, von dem Trainingsgerät zu springen. Ein paar Schweißperlen auf der Stirn und leicht außer Atem stand er vor ihr.

»Wer kann schon einem kleinen Workout widerstehen?«, sagte er mit schiefem Grinsen.

»Ich locker!«, gab Angela trocken zurück. »Und?«

»Nichts!«, sagte er, »alle Deckel unversehrt. Muster gefällig?« Er nahm das Fläschchen aus der Tasche und drückte es ihr in die Hand.

»Ich hab mir seinen Schreibtisch noch mal angesehen«, sagte Angela auf dem Weg zum Auto. »Da gibt es tatsächlich ein Schreiben von der Werbeagentur, die bedauert, ihm mitteilen zu müssen, dass die nächste Staffel der Großer-Held-Kampagne bis auf weiteres verschoben sei. Zum gegebenen Zeitpunkt würde man sich wieder mit ihm in Verbindung setzen.«

»Von genau so einem Brief hat auch die Fotografin gesprochen. Der haben sie dasselbe geschrieben.«

XX

Jupp Heekers, genannt der Fuzzi, schob schon seit Jahren tagein, tagaus seine gesamte Habe in einem Supermarktkarren durch die Straßen der Stadt. Er hatte keinen festen Schlafplatz, aber einige, die er immer wieder aufsuchte. Die letzte Nacht hatte er in der Grünanlage hinter dem Bahnhof verbracht. Er erwachte mit trockenem Mund und verklebten Augen und hustete seine teerigen Atemwege frei, während er in den Taschen seines weiten Mantels kramte. Endlich fand er eine halb gerauchte Zigarette und zündete sie an. Den zerknautschten Stummel im Mundwinkel, faltete er die löchrige Wolldecke und die Kartons, aus denen er sich sein Bett zu machen pflegte, sorgfältig zusammen, verstaute alles in seinem Einkaufswagen, stülpte sich eine dreckige Baseballkappe über die von grauen Zotteln umstandene Glatze und setzte sich in Bewegung. Welchen Weg er morgens einschlug, hing maßgeblich davon ab, wo sich der nächste Kiosk befand. In diesem Fall wäre es zwar der im Bahnhof gewesen, doch war der Besitzer immer äußerst unfreundlich, wenn Jupp ohne Geld kam, so dass er es vorzog, einen etwas längeren Marsch in Kauf zu nehmen, ehe er zu seinem Frühstück kam. Gähnend zuckelte er diagonal über die Schleswiger Straße und schüttelte einem hupenden Autofahrer die Faust hinterher. Nahe bei Peers

Kiosk stand ein Briefkasten, und neben diesem parkte Jupp seinen Wagen.

Der kleinwüchsige Peer, dessen zierliche Gestalt zu einem guten Drittel hinter einem krausen graublonden Bart verschwand, betrieb den Kiosk an der Schleswiger Straße gleich gegenüber dem Carlisle-Park schon so lange, dass viele seiner regelmäßigen Kunden, die heute Zeitungen und Dosenbier kauften, bereits ihr Taschengeld für Süßigkeiten bei ihm ausgegeben hatten, als sie kaum über die Theke gucken konnten. Für gewöhnlich schloss er um sechs Uhr morgens die schmale Seitentür seines Büdchens auf, legte eine kurze Rampe an die Eingangsstufe, über die er die beiden Zeitungs- und seit neuestem auch einen Postkartenständer hinausrollte, klappte das Schild mit dem Eiscremesortiment auseinander, fegte den Innenraum und den Bürgersteig rundum und füllte seine Kühltruhe auf. Dann setzte er Kaffeewasser auf die elektrische Kochplatte und wartete auf den Presselieferanten. Wenn der eintraf, half Peer ihm, die Papierstapel auszuladen, und während der Fahrer die Remittenden einlud, wieselte Peer auf seinen O-Beinchen hin und her und verteilte die Zeitschriftenstöße strategisch, damit das Einsortieren nachher schneller ging. Anschließend stellte er dem Ausliefererer einen Aschenbecher hin und trank eine Tasse Kaffee mit ihm.

An diesem Morgen jedoch hatte sich der Zeitungsfahrer verspätet und musste seinen Weg ohne Kaffee- und Zigarettenpause in aller Eile fortsetzen. Demzufolge blieb auch Peer nicht auf seinem hohen Hocker hinter seinem Tresen sitzen, um in Ruhe seinen Kaffee zu trinken, sondern deponierte seinen Kaffeebecher auf der Schwelle des

Seiteneingangs, um ihn beim Einordnen der frischen Druckerzeugnisse zwischendurch griffbereit zu haben und nicht jedes Mal hochsteigen zu müssen.

»Moin«, grüßte Jupp. »Krieg ich ’n Bier? Zahl’s dir später.«

Peer steckte das Flensburger Tageblatt zwischen die Hürriyet und die Bild-Zeitung und brummte, ohne sich umzudrehen: »Nee, Fuzzi, hab’s langsam dicke. Du schuldest mir noch drei von letzter Woche.«

»Mensch, Peer, sei mal nicht so, sind miese Zeiten!«, bettelte Fuzzi, aber Peer sagte nur: »Zieh Leine!« und schnitt den nächsten Packen Zeitungen auf.

Unschlüssig stand Jupp noch einen Moment herum, dann trollte er sich. Durch die offene Seitentür des Häuschens sandte er einen sehnsüchtigen Blick zur Kühltruhe und wollte sich gerade resigniert abwenden, als er etwas erspähte, das ihn irritiert innehalten ließ. In der schmalen Türöffnung lag eine umgekippte Henkeltasse. Doch weder sie noch der Milchkaffeesee waren es, was Jupp ins Auge gefallen war, sondern vielmehr das Zwölferpack Großer Held, das schief im Eingang stand und zur Hälfte über die niedrige Stufe ragte, als sei es in aller Eile dort hingestellt worden, vielleicht um die heiße Kaffeetasse abzusetzen. Jupp zwinkerte ein paarmal heftig, doch der angebrochene, aber noch fast volle Karton war keine Halluzination, sondern stand weiter dort und tränkte sich zusehends mit Kaffee.

Verstohlen schaute Jupp sich nach Peer um, der einen Haufen Schrumpffolie zusammenraffte und klein trampelte und ihn völlig ignorierte. Blitzschnell bückte sich Jupp, schnappte sich den Karton, hielt ihn so vor den Bauch, dass sein Mantel ihn verdeckte, und trug ihn rasch zu seinem Karren. Sekunden später war er um die nächste Straßenecke verschwunden und marschierte wohlgemut die Serpentine an der Schleswiger Straße hinunter. Unten angekommen, machte er das erste Fläschchen auf und prostete kichernd in die Richtung, aus der er gekommen war.

»Auf dich, Peer, verfluchter Geizkragen!«

Kaum hatte er das leere Fläschchen wieder zwischen seinem Kram verstaut, als eine Polizeisirene ertönte. Jupp sah noch, dass der Streifenwagen an Peers Kiosk hielt, dann zog er verschreckt den Kopf ein, deckte seine Beute mit einer Plastiktüte zu und verschwand eilends zwischen den Büschen im Park. Er schob seinen Einkaufswagen den Kiesweg entlang bis zum Froschbrunnen, wo sich einige der Parkschläfer zu treffen pflegten, unter denen auch wieder die Frau mit den Tränensäcken und dem nervösen Tick war.

»Moin!«, rief der Fuzzi, als er sich zu ihnen gesellte. »Na, Bella, alles im grünen Bereich?« Er zupfte die Frau an ihrem strähnigen Pferdeschwanz, nahm sie in den Arm und küsste ihre krampfhaft zuckende Schläfe.

»Alles klar, Fuzzi!« Sie strahlte ihn an und hielt ihm eine Jägermeisterflasche hin. Nach einem tiefen Zug gab er sie weiter und fragte nach einer Zigarette. Niemand hatte etwas zu rauchen.

Dass ein Streifenwagen vor seinem Kiosk stoppte, war für Peer nichts Ungewöhnliches, viele Polizisten kauften Zigaretten oder den Kicker bei ihm. Die Sirene und das Blaulicht ließen ihn jedoch erstaunt aufblicken.

»Guten Morgen«, sagte einer der beiden Uniformierten. »Wir müssen Sie leider bitten, uns alles zu übergeben, was

Sie von diesem Getränk auf Lager haben.« Dabei wies er auf die jüngste Verkaufsförderungsmaßnahme der Firma Jessen, eine Dattelpalme aus Karton, von der sich die Kunden ihre Fläschchen Großer Held selbst pflücken konnten. »In unserer Zentrale ist ein anonymer Anruf eingegangen, dass an Ihrem Kiosk vergiftete Großer-Held-Fläschchen verkauft würden.«

»Vergiftete ...? Ach, du grüne Neune!« Peer bewegte seine kurzen Beine noch flinker als üblich und beeilte sich, ins Innere seines Häuschens zu kommen. Er fluchte, als er die umgefallene Tasse sah, riss im Vorbeirennen ein paar Blätter von der Küchenrolle und warf sie in die Kaffeepfütze. Dann kletterte er behände auf einen Hocker, hakte das Display an der Oberkante seines Verkaufsfensters los und reichte den Polizisten die ganze Palme hinaus. Schließlich verschwand er in einer Ecke neben der Kühltruhe und wuchtete nacheinander drei originalverpackte Zwölfergebinde auf die Theke.

»Das war's. Mehr hab ich nicht mehr.«

Peer und einer der Streifenbeamten mühten sich umständlich, die Palme zuerst auf dem Rücksitz, dann im Kofferraum zu verstauen, bis der andere entnervt eingriff.

»Lass mich das machen, gib du dem Revier Bescheid!«, sagte er zu seinem Kollegen, ergriff die Palme, brach sie mitten durch und warf sie auf die Sitzbank. Dann unterschrieb er für Peer eine Quittung.

Der Kioskbesitzer schwang sich auf die Eisbox, sah dem davonfahrenden Wagen konsterniert nach und kraulte nachdenklich seinen Rauschebart.

Das erste Licht der schon kräftigen Morgensonne stahl sich durch die Parkbäume und wurde schräg gegenüber von etwas reflektiert. Für einen kurzen Moment glaubte

Peer, in einiger Entfernung jemanden mit einem Feldstecher hantieren zu sehen, vermochte jedoch nichts Genaueres zu erkennen, weil ihm der grelle Strahl genau in die Augen fiel und er sie geblendet zukneifen musste.

Robin und Chris, beide kaum fünfzehn Jahre alt, Nachbarsjungen aus der Johannisallee, waren schon seit dem Kindergarten unzertrennlich. Sie hatten dieselbe Grundschule besucht und saßen auch in der Realschule nebeneinander. Chris' Eltern hätten es zwar lieber gesehen, wenn ihr Sohn aufs Gymnasium gegangen wäre, aber Robin hatte zu schlechte Zeugnisse, um daran auch nur denken zu können. Außerdem waren die beiden Freunde ohnehin entschlossen, später einen gemeinsamen Computerladen zu betreiben, und dafür, so die einmütige Überzeugung, brauchte man kein Abitur. Jeden Morgen klingelte Robin bei Chris, bekam manchmal, wenn sie nicht zu knapp in der Zeit waren, noch einen Kakao von Chris' Mutter, und dann machten sie sich auf den Weg zum Bahnhof, um dort den Bus nach Ramsharde zu nehmen. Auch an diesem Tag hatte Robin seinen Freund zu Hause abgeholt. Allerdings mussten sie nicht um acht Uhr in der Schule sein, sondern um halb neun am Nordertor, wo sich die achte Klasse der Käthe-Lassen-Schule zu einem gemeinsamen Besuch der Phänomenta treffen würde. Die beiden hatten keine Eile. Statt direkt zur Bushaltestelle zu gehen, machten sie einen kleinen Schlenker durch den Park und setzten sich an den Froschbrunnen, wo Robin ein Päckchen rote Gauloises aus der Tasche zog. Er bot Chris eine an und gab ihm Feuer. Lässig lümmelten sie auf der Steinkante des Brunnens und zogen die Zigaretten durch, als wären es Joints.

Fuzzi schlenderte um das kreisrunde flache Becken herum, an dessen Rand sich in kurzen Abständen Düsen befanden und feine Wasserbögen zur Mitte des Brunnens spuckten. Die beiden Jungen spielten an den Düsen herum, lenkten mit den Fingern die Strahlen um, spritzten sich gegenseitig nass, kreischten, fluchten und lachten. Robin bekam eine Fontäne ins Gesicht und schmiss wütend seinen halb gerauchten erloschenen Glimmstängel auf den Weg. Jupp folgte der feuchten Kippe begehrlich mit den Augen und überlegte, ob es lohnte, sich danach zu bücken, und Robin, der ihn dabei beobachtete, fing an zu lachen.

»Hey, Alter!«, sprach er ihn an, »willste 'ne trockene?«

Jupp entblößte seine gelben Gebissreste zu einem liebenswürdigen Lächeln und näherte sich. Der Junge zückte seine Zigarettenschachtel, und Jupp, der sah, dass die Packung noch fast voll war, wies mit dem Kopf auf seine Kumpel und bot ihm einen Handel an:

»Wenn du 'ne Runde Nikotin für alle schmeißt, geb ich euch 'ne Cola-Rum aus!«

Er schlurfte zu seinem Wägelchen und winkte den beiden, ihm zu folgen. Robin und Chris gingen mit ihm zu den Berbern hinüber, Robin ließ seine Zigarettenschachtel herumgehen, und Jupp begann mit großzügiger Geste, Großer Held zu verteilen.

»Boah!«, staunte Bella. »Is bei dir der Wohlstand ausgebrochen?« Sie lachte heiser.

»Das nicht gerade, aber wie ich mit dem Zwerg übern Frühstücksbier reden wollte, hat der nur von Schulden geredet ... tja, und dann saß dieses Kistchen hier ganz allein in der Hintertür und hat mich angegrient.«

»Erzähl nix!«, sagte Bella verschmitzt.

»Echt wahr! Guck hier: so!« Er steckte die Zeigefinger durch den Riss in der Plastikverpackung und zog ihn zu einem breiten Grinsen. »Sag bloß, da hättest du widerstehen können!«

Wieder brach Bella in ihr kratziges Gelächter aus und nahm ihr Fläschchen entgegen.

Jupp öffnete auch eins für sich selbst, hob es feierlich, als wollte er einen Toast ausbringen, und alle sahen ihn erwartungsvoll an. Dann fletschte er vergnügt seine drei Zahnstummel, rief: »Nich lang schnacken, Kopp in Nacken!« und kippte das Fläschchen. Die anderen taten es ihm nach. Nur Chris und Robin zögerten, wechselten leise ein paar Worte und schoben die Großer Held in die Jackentaschen.

»He, was is, ihr trinkt wohl nich mit jedem, wie?« Die Frau mit dem nervösen Zucken stapfte auf die Jungen zu, als sie diese ihre Fläschchen einstecken sah.

»Nee, nee, das isses nich«, lachte Robin, »wir sollten bloß nüchtern zum Nordertor kommen.«

»Aha!« Fuzzi baute sich vor den beiden Schülern auf und deklamierte mit ausgebreiteten Armen: »Friede ernährt, Unfriede verzehrt!«

Robin und Chris grinsten verständnislos.

»Wo steht das, eh?«, wollte Fuzzi mit herausfordernd gerecktem Kinn wissen. Die beiden tauschten einen Blick und zuckten die Achseln.

»Was bringen die euch eigentlich bei in der Schule, wenn ihr noch nicht mal wisst, wo das steht?! Na, da, wo ihr jetzt hinmüsst! Am Nordertor!«

»Was wollt ihr denn da, solltet ihr nicht in der Schule sein?«, fragte Bella streng.

»Das ist ja Schule. Wir gehen mit der Klasse in die Phänomenta«, erklärte Robin.

»Friede ernährt, Unfriede verzehrt. Weise Erkenntnis! Alles klar!«, lachte Chris. »Also, dort werden wir den Großen Held zischen. Auf euer ganz Spezielles!«

XXI

Die nächste Mail traf um kurz vor sieben ein, und um Punkt sieben klingelte Angelas Diensthandy. Obwohl sie in jedem Moment mit dem Anruf rechnete, fuhr sie doch zusammen, denn sie hatte das Telefon auf dem Toilettenspülkasten deponiert, um es nicht zu überhören, während sie unter der Dusche stand, und der Apparat brachte mit einem tiefen Summton die ganze Zisterne zum Vibrieren.

Es war Zamzow.

»Nanu?«, begrüßte ihn Angela, »bist du aus dem Bett gefallen?«

Zamzow lachte. »Ich wollte es mir nur nicht nehmen lassen, dir persönlich den Ansagedienst zu machen. Hör zu, das ist der ganze Text: ›Alexander Jessen soll pünktlich um fünf vor zehn Uhr in einem voll getankten Auto auf dem Platz an der Hafenspitze neben dem Fischimbiss auf weitere Anweisungen warten‹.«

»Bin schon unterwegs. Gib Baake Bescheid, dass ich mir ein Taxi nehme.«

Zamzow unterbrach sie. »Moment, es gibt noch mehr. Ein anonymer Anruf über giftverseuchte Großer-Held-Fläschchen in einem Kiosk und die Zeitungen heute Morgen haben die Erpressung auf dem Titel. Allerdings noch mit Fragezeichen und ohne den Mord.«

Angela bekam eine Gänsehaut vor Kälte und Wut. »Schon klar, woher sie das haben?«, fragte sie Zamzow.

»Nein«, sagte er. »Eine DPA-Meldung aus Hamburg. Die Kollegen sind dran. Jessen ist stinksauer und hat dich im Verdacht.«

Angela schob diesen Anwurf beiseite. »Erst mal die Geldübergabe, dann der Rest. Ich komme.«

Die Nacht war regnerisch gewesen, doch gegen Morgen hatte der Wind aufgefrischt, die dichten Wolken gelockert, und gegen zehn Uhr trieben nur noch bauschige weiße Fetzen durch leuchtendes Blau. Je größer die klaren Lagunen am Himmel wurden, desto mehr Spaziergänger, Radfahrer, Inlineskater, Mütter mit Kleinkindern, Jugendliche auf Skateboards, Rentner mit zusammenklappbaren Sitzkissen, Liebespärchen und Touristen tummelten sich an der Hafenspitze. In etwa hundertfünfzig Metern Entfernung lag die *Möwe* am Kai und begann, die Passagiere für die erste Hafenrundfahrt des Tages an Bord zu nehmen.

Kraftfahrzeugen war die Durchfahrt untersagt, und so war das Auto, in dem Alexander Jessen saß, das einzige weit und breit. Von seinem Posten in der Nähe der Fischbude konnte er nach rechts zum Kinderspielplatz sowie zur östlichen Seite der Mole mit ihren Restaurants sehen und nach vorn auf die glänzenden, von Schaumkrönchen und Segelbooten weiß getupften Wellen der Förde.

Er langte nach dem Handy auf der Ablage über dem Armaturenbrett und kontrollierte, bereits zum siebten Mal in den letzten fünf Minuten, ob es eingeschaltet war. Fast wäre es ihm entglitten, und er rieb sich die feuchten Hände an der Hose ab. Dabei warf er einen Blick in den Rückspiegel und sah seine schweißperlenübersäte Stirn, auf der ein paar rostrote Krauslocken klebten. Er hatte kaum geschlafen und entsetzliche Alpträume gehabt. In seinem Kopf brodelte es, und er vermochte keinen klaren Gedanken zu fassen, er hatte nur das unbestimmte Gefühl, sich besser auf das Schlimmste gefasst zu machen. Es seien alle Vorkehrungen getroffen, um seine Sicherheit zu gewährleisten, hatte die Hauptkommissarin mehrfach bekräftigt, er könne ganz beruhigt sein. Dennoch fühlte er sich alles andere als sicher und mutterseelenallein. Wo war die Polizei?

Sie war überall, jedoch getreu Angelas Anweisungen weder für Alexander Jessen noch sonst jemanden sichtbar. Unauffällig gekleidet und unter die Leute gemischt, behielten mehrere Polizisten die Flanierzeile am Kanalschuppen und den Platz an der Hafenspitze im Auge. Einige der auf der Förde schaukelnden Segelboote waren mit Polizeibeamten besetzt. Auf den Dächern der fünfstöckigen Wohnhäuser am östlichen Ufer waren zwei Scharfschützen postiert. Hinter den Bahngleisen hatte man den von der Hafenspitze aus nicht einsehbaren Parkplatz geräumt und dort den Polizeihubschrauber in Stellung gebracht. Am Taxistand Willy-Brandt-Platz wartete ein halbes Dutzend Taxis. Der Chauffeur des ersten verwies die Fahrgäste an den vierten der Reihe, da die vorderen drei mit Beamten in Zivil besetzt waren, die sich für eine mögliche Verfolgung bereithielten. Auf dem Hof des Präsidiums und auf einem Parkplatz westlich der Werft standen Autos und Motorräder des Mobilen und des Sondereinsatzkommandos auf Abruf. Auch die dänische Polizei war in Alarmbereitschaft versetzt und stand mit ähnlicher Kräftezahl auf ihrer Seite der nur fünfeinhalb Kilometer entfernten Grenze.

Vor dem Restaurant gegenüber der Werft dümpelte ein Schnellboot der Wasserschutzpolizei, neben dem ein Froschmann seine Ausrüstung anlegte. Kurz darauf machte auch ein kleineres Feuerwehrboot fest, der Feuerwehrmann sprang heraus, spurtete in das Lokal, wo Kriminalmeister Jens Baake und Hauptkommissarin Angela Tendrup mit einem Mann von der Küstenwache und dem Leiter des Mobilen Einsatzkommandos an einem Ecktisch saßen, und meldete ebenfalls Bereitschaft. Auf dem Tisch lagen zwei Handys, Angelas Diensttelefon und ein anderes, das mit einem Duplikat von Alexander Jessens Karte ausgerüstet war, außerdem zwei Funksprechgeräte, ein ausgebreiteter Stadtplan und der Computerausdruck eines vergrößerten Passfotos. Es zeigte einen etwa dreißigjährigen dicklichen Mann mit weißblonder Föhnwelle: Henrik Pirsen.

Im Präsidium saß zur selben Zeit Torsten Zamzow in einem der Besuchersessel in Hellers Büro, strich sich alle fünf Sekunden die Haarsträhne hinters Ohr, setzte seine Brille auf und ab und trommelte zwischendurch mit den Fingern auf die Tischplatte. Auch vor ihm lag das Bild von Pirsen, ergänzt durch einige Daten. Viel war nicht über den ehemaligen Jessen-Mitarbeiter herauszufinden gewesen, denn aktenkundig war er nicht. Auch war auf seinen Namen kein Telefonanschluss angemeldet, und seine letzte bekannte Postanschrift lautete auf c/o Kirsten Lummer in Kopenhagen.

Der Polizeipräsident hinter seinem Schreibtisch hatte die Ellbogen auf die Armlehnen seines Drehstuhls gestützt und knotete nervös die Hände ineinander. »Presse und Fernsehen rufen alle zehn Minuten an, ich habe für den Abend eine Pressekonferenz angesetzt.« Zamzow nickte. Der Präsident warf einen säuerlichen Blick auf Zamzows trommelnde Finger, starrte jedoch die meiste Zeit wie hypnotisiert auf das vor ihm liegende Handy. Als es endlich summte, war Zamzow schneller neben ihm, als er es in die Hand nehmen konnte. Nur ein kurzer Ton. Eine SMS, kein Gespräch.

Alex im Auto, Zamzow und Heller im Präsidium, Angela und Baake im Restaurant, alle lasen sie zugleich die Nachricht.

»Steig aus und kauf dir ein Fischbrötchen. Nimm die Geldtasche mit, dass sie zu sehen ist. Beweg dich langsam und geh dann zum Wagen zurück.«

Furchtsam um sich blickend gehorchte Alex.

Kaum hatte er sich wieder ins Auto gesetzt und einen angewiderten Blick auf das Fischbrötchen geworfen, als es erneut piepte.

»Lass das Brötchen, wo es ist. Es schmeckt eh nicht«, las er, »siehst du die Telefonzelle? Nimm das Geld und lauf hin. Beeil dich, du hast dreißig Sekunden.«

Alex warf das Brötchen neben sich auf den Sitz, verließ den Wagen und rannte, in der einen Hand die Tasche, mit der anderen das Handy umklammernd, zur Telefonzelle hinüber. Unsicher stand er da, schaute sich um und wartete auf den Eingang einer weiteren SMS oder das Läuten des öffentlichen Fernsprechers. Als es klingelte, griff er nach dem Hörer, hielt ihn ans Ohr und warf ihn wieder auf die Gabel, während er sein Handy ans andere Ohr riss. Das Klingeln hörte nicht auf, und für einen Augenblick geriet er in helle Panik, fasste sich aber rasch wieder, als er unter dem Telefon der Kabine ein mit Heftpflaster angeklebtes weiteres Handy fand. Er machte es los und meldete sich zögerlich.

»Hallo …?«

»Hi, Alex! Na, das hat ja wunderbar geklappt! So können wir uns wenigstens ungestört unterhalten, muss ja nicht jeder immer alles mitkriegen. Hör zu …«

»Nein, du hörst mir jetzt zu, Henrik!«, fiel ihm Alex ins Wort und versuchte, seiner Stimme einen festen Klang zu geben, dennoch war sie schriller als gewöhnlich. »Du bist ja vollkommen wahnsinnig, du …«

Pirsen wurde sehr laut. »Irrtum! Ich bin nur wahnsinnig sauer. Weil ich solche Aufstände machen muss, um endlich an mein Geld zu kommen. Du hältst ab jetzt den Mund und tust nur noch, was ich dir sage. Nimm die Tasche und stell dich vor die Tür Richtung Willy-Brandt-Platz. Ohne Mätzchen und ohne die Verbindung zu unterbrechen. Los!«

Zamzow und Heller im Polizeipräsidium, Angela und Baake im Restaurant starrten erwartungsvoll auf ihre Handys, doch nichts rührte sich mehr.

Alex hängte sich den Schulterriemen der schweren Tasche über und ging langsam los, es waren nur wenige Meter. Während er angstvoll um sich schaute, hielt er das neue Handy ans Ohr und tippte hastig die Eins-Eins-Null auf seinem eigenen. Als sich die Notrufzentrale meldete, drückte er den Apparat fest gegen seinen Oberschenkel, wobei er zugleich versuchte, mit dem linken Daumen das Mikrofon des fremden Handys zuzuhalten. Er holte tief Luft, fasste sich ein Herz, hielt sich ein Handy links, eins rechts ans Ohr und sagte:

»Ich soll also hier am Hafen um den Willy-Brandt-Platz rumlaufen?«

Pirsen wurde ärgerlich: »Vor allem sollst du nicht wiederholen, was ich sage! Wahrscheinlich sprichst du in irgendein Mikro, das du bei dir hast. Wenn du jetzt nicht die Klappe hältst und spurst, breche ich alles ab, kapiert?«

»Okay, okay«, sagte Alex hastig. »Ich bin schon still. Ich seh's ja ein.«

Er presste das Handy ans Ohr und wagte keine auffällige Bewegung mehr, weil er sicher war, beobachtet zu werden.

»Jetzt zum Taxistand!«, forderte Pirsen ihn auf.

»Zum Taxistand«, wiederholte Alex mechanisch.

»Zum letzten Mal, du blöder Papagei!«, brüllte Pirsen, »hör auf, mir alles nachzuplappern, mach einfach nur, was ich sage. Dreh dich um. Jetzt!«

Die Hafenbarkasse tutete zweimal zum Zeichen, dass sie in Kürze die Leinen lösen würde, und Pirsen befahl: »Jetzt zum Boot. Renn los! Schnell! Du musst das Boot noch kriegen. Sind fünfzig Meter. Lauf los! Und kein Wort!«

Alex begriff. Er drehte sich um und lief mit langen Schritten auf die *Möwe* zu. Mit erschrockenen Augen sah er sich ständig um, so dass er vor Aufregung fast über seine eigenen Füße stolperte, entdeckte aber niemanden, der Anstalten gemacht hätte, ihm zu Hilfe zu kommen.

Tatsächlich reagierten die unter die Ausflügler gemischten Einsatzkommandoleute mit einiger Verwirrung, als sie sahen, dass Alex lossprintete und gerade noch über die schon halb eingezogene Gangway hechtete. Unkoordiniert versuchten zunächst zwei oder drei der Beamten, ihm nachzusetzen, hätten den Steg aber nicht mehr rechtzeitig erreicht. Während die *Möwe* davontuckerte, sprachen sie eifrig in ihre Handys.

Alex schlug sich schmerzhaft das Knie auf, als er auf allen vieren an Deck landete. Der Riemen glitt ihm von der Schulter, die Geldtasche krachte auf die Planken und drohte davonzuschlittern. Unwillkürlich fasste er mit einer ausholenden Bewegung danach, wobei sein Handy im hohen Bogen ins Wasser fiel. Er klammerte sich an die Reling und zog sich hoch. Von weit her glaubte er plötzlich, Henrik Pirsens boshaftes Gelächter zu hören und bekam eine Gänsehaut, bis ihm klar wurde, dass es aus dem anderen Telefon kam, das seine Finger noch immer umkrampften. Zitternd hob er es ans Ohr.

»Gut gemacht!«, gratulierte ihm Pirsen hämisch. »Dein Papi kann wirklich stolz auf dich sein!« Dann befahl er knapp: »Setz dich, benimm dich völlig normal, red mit niemandem. Bleib am Telefon.«

Im Präsidium befanden sich Zamzow und der Polizeipräsident in heilloser Aufregung.

»Wo ist er denn hin?«

»Was?«

»Auf dem Boot? Welchem Boot?«

»Hafenrundfahrt? Was soll denn das?«

»Seht ihr ihn?«

»Verflucht noch mal!«, überschrien sie einander an den offenen Mikrofonen.

Angela, Baake, der Feuerwehrmann und der MEK-Mann stürzten aus dem Restaurant und sprangen in ihr kleines Löschboot, wo bereits in voller Montur der Polizeitaucher wartete. Baake übernahm das Steuer, manövrierte geschickt ins freie Wasser und beschleunigte, dass Angela, die noch nie viel für Aktivitäten über oder unter Wasser übrig gehabt hatte, fast das Gleichgewicht verlor und beinahe über Bord ging. Auf der Förde herrschte schon reichlich Verkehr, vor allem Segler waren in der frischen Morgenbrise unterwegs, so dass sie nicht geradewegs auf die *Möwe* zuhielten, sondern zu vielen Ausweichmanövern gezwungen waren. Angela sprach auf allen Kanälen, und auch der MEK-Mann wies über Funk seine Leute ein. Von den Hochhäusern am östlichen Ufer aus kontrollierten die beiden Scharfschützen durch ihre Zielfernrohre jedes einzelne Schiff.

Die Tasche an sich gepresst, das Handy gegen das Ohr gedrückt, stakste Alex steifbeinig über das zu etwa einem Viertel besetzte Touristendeck. Aller Augen waren auf den seltsamen Mann gerichtet, der im Sturzflug auf dem Schiff gelandet war, und er starrte zurück, als erwarte er in jedem Passagier seinen Henker.

»Setz dich, hab ich gesagt!«, blaffte ihm Pirsens Stimme ins Ohr. »Los an die Steuerbordseite, und rühr dich nicht, bis ich mich wieder melde!« Klick. Die Verbindung war unterbrochen.

Alex schrak zusammen und sackte wie ein Roboter auf die nächstbeste Sitzbank an der rechten Bordwand, fuhr blitzartig wieder hoch, wischte sich mit dem Handrücken über den Hintern und sank mit einem Seufzer, der fast nach einem Schluchzen klang, wieder zurück, als er erkannte, dass er sich vor Angst in die Hosen gemacht hatte. Verzweifelt fragte er sich, wie die Polizei ihn hier beschützen wollte. Kein Boot näherte sich der *Möwe*.

Hinter der Werft, Dänemark in Sicht, drehte die *Möwe*

gemächlich nach Nordosten, tuckerte an der Südküste entlang und hatte Solitüde fast erreicht, als Alex etwas auf dem Wasser entdeckte. Zuerst hielt er es für eine rote Boje, bemerkte jedoch schnell, dass es sich bewegte, und erkannte verblüfft ein kleines Plastikboot mit laut knatterndem Benzinmotor und einer großen Antenne, das offensichtlich einer Fernsteuerung gehorchte. Das Bötchen näherte sich der *Möwe* von steuerbord und kam geradewegs auf Alex zu. Aufgeregt schaute er um sich. Derjenige, der das Boot lenkte, musste ihn im Blickfeld haben, doch Alex zählte mindestens zehn mehr oder weniger weit entfernte Boote ringsum, auf denen jemand mit der Fernbedienung sitzen konnte, ohne dass er hätte ausmachen können, auf welchem. Das Spielzeugboot hatte das Rundfahrtschiff fast erreicht, als der nächste Anruf kam.

Meckerndes Gelächter drang aus dem Hörer. »Du brauchst nicht auf das Boot zu starren wie das Kaninchen auf die Schlange. Wirf einfach die Tasche rein. Ziel aber anständig! Wenn du daneben wirfst, wirst du es bereuen.«

Das Boot war etwa ein Meter zwanzig lang und sechzig Zentimeter breit. Schlotternd hievte Alex die Tasche auf die Reling, schob sie über den Handlauf und gab ihr einen kleinen Stoß. Sie landete mitten in dem kleinen Kahn und brachte ihn gefährlich zum Schwanken. Das Bötchen stupste gegen den Rumpf der *Möwe* wie ein Goldfisch gegen einen Wal, drehte sich um die eigene Achse und gewann dann rasch an Fahrt. Mit hoher Geschwindigkeit röhrte es davon.

Für Sekunden vergaß Alex seine Angst und schüttelte voll widerwilliger Bewunderung den Kopf. Kreativ war er, dieser Henrik, das musste man ihm lassen!

Kurz darauf schwebte bereits der Hubschrauber über Alex, und im Handumdrehen waren auch zwei Schnellboote der Wasserschutzpolizei zur Stelle. Eines steuerte die *Möwe* an, während das andere zusammen mit einem Feuerwehrboot dem kleinen roten Flitzer hinterherraste. Der hielt auf ein etwa achthundert Meter entferntes Stück Strand zu, an das sich ein dichtes Wäldchen anschloss. Schon weit vor dem hellgrauen, körnigen Ufer war das Wasser nur noch knietief, und beide Verfolger liefen im flachen Wasser auf Grund. Mit Schwung jagte das rote Bötchen weiter und war im Schilf verschwunden.

Inzwischen erreichte das Polizeiboot die *Möwe*, ging längsseits und nahm Alex an Bord, während der Helikopter über dem Strand kreiste.

Hauptkommissarin Tendrup, die den Einsatz von ihrem Feuerwehrlöschboot aus kommandierte, funkte den Piloten an.

»Sehen Sie, wo das kleine Boot hin ist?«

»Im Moment nicht. Irgendwo im Gestrüpp. Doch da! Da läuft jemand mit der Tasche durch den Wald. Auf der Straße steht ein heller Mini.«

Dänische Laute mischten sich in den Funksprechverkehr, und Angela beschloss, auf die Kollegen des Nachbarlandes zu vertrauen und sich auf das zu konzentrieren, was in ihren Händen lag.

»Was ist mit dem Fernsteuerer?«

Der Helikopter gewann wieder an Höhe und flog übers Meer. »Ungefähr eine halbe Meile achtern«, meldete er wenig später, »ein Segelschiff mit dänischer Flagge. Es heißt *Christina*. Ich steh gleich direkt drüber.«

Der Hubschrauber senkte sich über den bezeichneten Segler.

Angela wiederholte die Meldung für Baake, der nahm Kurs auf die *Christina* und gab Gas, dass der Bug steil aus dem Wasser stieg. Als sie das Segelschiff erreichten, entsicherte der SEK-Beamte seine Maschinenpistole, und auch Angela zog ihre Dienstwaffe.

»Ein Mann hat soeben steuerbord zwei Gegenstände ins Wasser geworfen, könnte eine Fernsteuerung oder ein Funkgerät gewesen sein«, gab der Hubschrauber durch, und der Froschmann stürzte sich ins Wasser.

In dem Segelboot saß Henrik Pirsen in Shorts, Trägerhemd und Stofflatschen und schaute ihnen betont gelangweilt entgegen. Der SEK-Beamte richtete seine Waffe auf ihn, und der Feuerwehrmann machte die beiden Boote aneinander fest. Angela sprang an Bord des Seglers.

»Henrik Pirsen?«

»Was wollen Sie von mir?«

»Kriminalpolizei. Sie sind festgenommen«, sagte Angela.

Der MEK-Mann klopfte Pirsen ab. »Sauber«, sagte er.

Angela legte Pirsen Handschellen an.

Der protestierte laut: »Deutsche Polizei? Hier in Dänemark? Machen Sie, dass Sie von meinem Schiff kommen!«

Angela sagte kühl: »Die dänischen Kollegen sind gerade sehr beschäftigt, Ihren Komplizen und das Geld herzuschaffen. Solange werden Sie wohl mit uns vorlieb nehmen müssen.«

»Sie können mir gar nichts!«, sagte Pirsen trotzig, doch seine souveräne Fassade schien zu bröckeln. »Was haben Sie mir überhaupt vorzuwerfen?« Dabei klang sein abgehacktes Kichern schon etwas weniger selbstsicher.

»Genug, um Ihre dänischen Gardinen für eine gute Weile gegen schwedische einzutauschen, wenn es sich bestätigen sollte«, sagte sie mit schmalem Lächeln. »Erpressung und Mord.«

Pirsen sperrte Augen und Mund auf. »Mord?«, fragte er schockiert.

»Sie haben gedroht, vergiftete Getränke in Umlauf zu bringen, oder vielleicht nicht?«

»Sie spinnen wohl!«, brüllte Pirsen, jetzt völlig aus der Fassung gebracht.

Hauptkommissarin Tendrup befahl Kurs zum Bootshafen und wies das Boot der Wasserschutzpolizei, das Alexander Jessen an Bord genommen hatte, an, sich ebenfalls dorthin zu begeben.

Am Bootshafen angekommen, öffnete Baake den hinteren Schlag eines der bereitstehenden Polizeiwagen und legte Pirsen die Hand in den Nacken, um ihm beim Einsteigen den Kopf hinunterzudrücken. Da entwand sich Pirsen plötzlich mit einer wilden Drehung dem Griff des Beamten und rannte los, bevor dieser reagieren konnte. Zwar fasste Baake reflexartig nach seiner Pistole, erkannte jedoch im nächsten Augenblick, dass es sich keineswegs um einen Fluchtversuch des Gefangenen handelte. Vielmehr rannte der, die gefesselten Hände vor sich ausgestreckt, einem soeben einlaufenden Polizeiboot entgegen, an dessen Bugspitze Alexander Jessen stand.

Auch Alex hatte Pirsen erspäht. Er holte Schwung, überwand das letzte Stück mit einem gewaltigen Sprung seiner endlosen Beine und stand nach zwei langen Sätzen Henrik Pirsen gegenüber. Er ließ die Faust auf Pirsens Nasenbein krachen und spürte im selben Moment seine Hoden unter dem brutalen Schlag von zwei aneinander geketteten Fäusten knirschen. Mit einem markerschütternden Heulen wickelte sich sein baumlanger Körper um den schmerzenden Unterleib und ging zu Boden, während Pirsen das Blut aus der gebrochenen Nase tropfte.

In die Polizeibeamten kam Bewegung, viele Arme rissen Alexander hoch, packten Pirsen und machten Anstalten, beide abzuführen, doch Angela befahl ihnen mit einer wortlosen Geste Einhalt.

In einem Ring aus Polizisten standen sich Alexander Jessen und Henrik Pirsen wie zwei angeschlagene Kampfhähne gegenüber.

»Du Schwein!«, keuchte Alex. »Du schreckst aber auch vor gar nichts zurück!«

»Spar dir deine Sprüche! Ich wollte nur endlich mein Geld!« Pirsen schniefte, hob die Hände und verschmierte beim Versuch, sich die Nase abzuwischen, das Blut über sein ganzes Gesicht. »Mein Geld! Meinen verdienten Anteil an eurem Bombengeschäft!«

»Aber jetzt bist du zu weit gegangen! Du bist ja völlig durchgeknallt!«

»Ich hab's lange genug im Guten versucht. Ich hab einfach ein Druckmittel gebraucht, auf das du reagierst, und da musste ich am Ende wohl oder übel deinen Papi einweihen!«

»Ich rede nicht von meinem Vater, ich rede davon, dass du Leute umbringst!« Alexanders Stimme überschlug sich.

»Was?«, schrie Pirsen noch lauter zurück. »Du hast sie wohl nicht mehr alle!« Dann hielt er kurz inne und sagte in verändertem Ton, leise und kalt: »Nein, Juniorchef, nötigen wollte ich dich, damit du mich endlich bezahlst, aber umbringen würde ich deinetwegen bestimmt niemanden. Das bist du nicht wert!«

Verächtlich spuckte er Alexander vor die Füße, wandte

sich ab, ging zu dem Polizeiauto hinüber, stieg hinten ein und schlug Baake, der ihm nacheilte, die Tür vor der Nase zu.

XXII

Henrik Pirsen wiederholte seine Aussage ein ums andere Mal, in immer anderen Worten, mit mehr oder weniger Details, vom Inhalt wich er jedoch keinen Deut ab: Er schilderte die vielen Arten, auf die er sich in den vergangenen eineinhalb Jahren bemüht hatte, Alexander Jessen dazu zu bewegen, sein Versprechen einzulösen, wie er seinen vermeintlichen Partner zu Anfang freundschaftlich erinnert, später angefleht und schließlich zunehmend verärgert bedrängt hatte. Von Alex war er zunächst noch mit netten Worten hingehalten und vertröstet worden. Dann aber hatte der alte Jessen ihn rausgeschmissen und mit 200.000 Euro abgefunden. Millionen hätten ihm zugestanden. So viel wie heute gefordert.

Unumwunden gab Pirsen zu, die Drohschreiben verfasst und an die Firma Jessen verschickt zu haben, wehrte sich aber in aller Entschiedenheit gegen die Anschuldigung, ein Giftmischer zu sein.

Doch so gesprächig er auch sonst war, über den Verbleib des Geldes schwieg er sich hartnäckig aus.

Die Mitteilung, dass der Taucher tatsächlich eine Fernsteuerung vom Grund der Förde gehoben hatte, und die Nachricht von der Festnahme einer jungen Radfahrerin in Dänemark erreichten das Präsidium fast zeitgleich und wurden umgehend in das Zimmer weitergeleitet, in dem Kriminaldirektor Zamzow, assistiert von Kriminalmeister Baake, Henrik Pirsen verhörte. Angela Tendrup, die die ganze Zeit nur aufmerksam beobachtend dabeigesessen, aber kaum etwas gesagt hatte, nahm den Anruf entgegen.

»Sagen Sie mal ...«, wandte sie sich an Pirsen, nachdem sie aufgelegt hatte. »Dass Kirsten auf ein Fahrrad umgestiegen ist, war das geplant, oder hat sie da improvisieren müssen?«

Pirsen zwinkerte ein paarmal verwirrt, und für eine halbe Sekunde genoss Angela den begriffsstutzigen Ausdruck in den Gesichtern der drei Männer.

»Entschuldigung«, setzte sie dann erneut an, »ich sag's anders: Ihre Freundin Kirsten Lummer ist kurz hinter der dänischen Grenze verhaftet worden, als sie eine Panne mit einem Fahrrad hatte. In den Satteltaschen waren drei Millionen Euro.« Sie sah, wie Pirsen erblasste, und fügte in versöhnlicherem Ton hinzu: »Im Übrigen ist sie wohlauf, keine Sorge. Die dänischen Kollegen bringen sie jetzt hierher.«

Angela war erfahren genug, um zu erkennen, dass sie wieder ganz am Anfang stand.

Zwar mochte es Zamzow schwer fallen, seine Erpressungstheorien zu begraben, und Baake würde vom Ergebnis seiner Verhörstrategie enttäuscht sein. Doch würden sie beide früher oder später zu derselben Einsicht gelangen, dessen war sie gewiss. Sollten sie den Rest hier alleine machen.

Mittlerweile war aus Hamburg die Information gekommen, dass der DPA bereits am Vortag eine E-Mail mit allen Informationen zugegangen war und zurzeit die Herkunft ausfindig gemacht werde.

Angela stand auf. Mit einem feinen Lächeln verließ sie grußlos den Raum.

An der Großen Straße setzte sie sich auf die Terrasse eines Straßenimbiss, trank eine Kalorienbombe von Vanilleshake und bestellte einen doppelten Cheeseburger. Langsam hob sie den Sesambrötchendeckel hoch und sah gedankenverloren zu, wie die Käsefäden schwerfällig rissen. Ein Fadenende, an dem sie zupfen konnte, um die Knoten in diesem Gewirr aus Beziehungen und Interessen zu lösen, das Walter Baumgartner das Leben gekostet hatte – das war es, was sie brauchte. Seufzend langte sie nach der Ketchupflasche und malte blutrote Striemen auf den bleichen Käse. Als sie die Flasche wieder hinstellte, streifte ihr Blick das Etikett und den Strichcode darauf, und plötzlich kam ihr eine Idee. Keine sehr vielversprechende, aber immerhin eine Idee. Sie biss mit gutem Appetit in den Hamburger, und als sie ihn vollständig vertilgt hatte, zückte sie ihr Handy und rief Baake an.

»Hören Sie, mir ist gerade was eingefallen. Ich wüsste gern mal, was eigentlich aus so einem Barcode hervorgeht ... na, dieses Viereck aus verschieden dicken Strichen mit Zahlen drunter, das auf fast allem klebt, das man so kauft ... Ich will wissen, was auf den Fläschchen, die Baumgartner getrunken hat, im Klartext steht. Auf meinem Schreibtisch steht das Großer-Held-Fläschchen, das Sie mir gestern in die Hand gedrückt haben, wissen Sie noch? Das bitte auch ... Na ja, am besten bei der Firma Jessen selbst, denk ich, die sollten es wohl am ehesten wissen.«

Wenn man Baake aufs richtige Gleis setzte und ihn anschubste, funktionierte er, stellte Angela befriedigt fest. Denn als sie von einem kleinen Verdauungsspaziergang durch die Stadt zurückkehrte, dauerte es keine fünf Minuten mehr, und schon stand Baake mit dem Ergebnis seiner Recherchen vor ihrem Schreibtisch.

»Frau Gustavsson hat mich gleich an einen vom Vertrieb verwiesen, ging ganz schnell. Abfülldatum, Vertriebsweg, empfohlener Verkaufspreis, das ist es im Wesentlichen. Die drei Fläschchen stammen alle aus derselben Produktionsserie.«

»Bringt uns das irgendwie weiter?«, überlegte Angela laut.

»Ich glaub schon. Denn er hat mir noch was gesagt, und das klingt wirklich interessant. Er hat den Code im Computer eingegeben und irgendeinen bestimmten Eintrag vermisst. Das bedeutet, dass dieses Production lot nicht über den normalen Vertriebsweg gegangen, sondern als Deputatsware verbucht worden ist!« Erwartungsvoll hielt er inne.

»Und jetzt dasselbe noch mal auf Deutsch, bitte!«, tat sie ihm den Gefallen.

»Das bedeutet«, erklärte er mit Genugtuung, »dass von der ganzen Serie kein Stück in den Handel gelangt ist. Die gesamte Ladung ist als kleines Extra zum Dank für die erfolgreiche Einführungskampagne an die Werbeagentur verschenkt worden.«

»Trinkgeld in Naturalien, sozusagen«, grinste Angela. »Dazu sollte uns die Fotografin was sagen können.«

Baake sprang auf. »Bestimmt! Ich rede noch mal mit ihr«, rief er und war schon aus der Tür.

Angela sah ihm kopfschüttelnd hinterher. Dann schnaubte sie wütend und knurrte in sich hinein: »Dass bis jetzt noch niemand darauf gekommen ist, diese Scheißstrichcodes zu checken, das will mir nicht in den Kopf!«

Janine Peters war nicht zu Hause, als Baake anrief, hatte ihr Telefon jedoch aufs Handy umgeleitet, so dass er sie beim Friseur erreichte.

Sie meldete sich mit einem vergnügten »Hallihallo!« und hatte offensichtlich mit einem anderen Anrufer gerechnet, denn die Fröhlichkeit in ihrer Stimme wich schlagartig kühler Förmlichkeit, als sie Baake hörte.

»Kriminalmeister Jens Baake. Guten Tag, Frau Peters. Ich müsste da noch eine Kleinigkeit klären ...«

»Ja, bitte?«

»Äh, ja, also, ich würde das eigentlich am liebsten persönlich mit Ihnen ... ginge es nicht vielleicht, dass ... ich meine, könnten wir uns nicht eventuell kurz ... äh ...«

Janine lachte hellauf. »Sie wollen mich also zu einem Kaffee einladen, verstehe ich Sie da richtig?«

»Genau«, stieß Baake erleichtert hervor.

»Na gut«, sagte sie wieder lachend, »viel Zeit hab ich allerdings nicht. In zwanzig Minuten im Café Central auf dem Nordmarkt?«

»Bin schon unterwegs!«

Janines violette Strähnchen leuchteten in neuer Frische, und die todesmutige Kombination aus pinkfarbenen Jeans und apfelgrünem Lederjäckchen stand ihr großartig. Baake bestellte einen doppelten Espresso für sie und Buttermilch für sich selbst und musste sich ein paarmal heftig räuspern, ehe er einen vernünftigen Ton herausbrachte. Verlegen murmelte er etwas von einem »Frosch im Hals«.

Sie zündete sich eine Zigarette an und betrachtete ihn mit belustigter Miene durch den Rauch, während Baakes Blick hingerissen an ihren lila lackierten, mit Glitzersteinchen spektakulär dekorierten Fingernägeln hing.

»Also, was gibt's denn so Dringendes?«, fragte sie und sah auf ihre Armbanduhr. Baake besann sich auf seinen Auftrag.

Die Frage nach den Werbegeschenken war schnell beantwortet, denn die Fotografin bestätigte, dass die Firma Jessen zur Feier der Markteinführung in der Tat großzügige Mengen Großer Held gestiftet hätte, mit denen sie, Walter Baumgartner und etliche andere Mitarbeiter der Agentur bedacht worden seien. Sie erzählte ihm auch, und für einen flüchtigen Moment machte ihr die Wehmut die Lider schwer, wie einige von ihnen damals in einer spontanen Aktion unter großem Hallo ihren Anteil an Walter abgetreten hätten, weil er nicht nur auf den Plakaten die Leute glauben machte, dass er es für das beste Getränk der Welt hielt, sondern selbst zutiefst davon überzeugt war. Und als sie schilderte, wie Walter seine Großer-Held-Ausbeute auf einer zementverkrusteten Schubkarre, die jemand von einer benachbarten Baustelle organisiert hatte, aus dem Festsaal schob, lachte sie mit feuchten Augen. Allerdings, so fiel ihr noch ein, hatte er auch einen großen Teil des Geschenks in seiner Tankstelle verkauft. Er war halt geizig und gierig.

Baake allerdings war da längst nur noch mit halbem Ohr bei der Sache, denn während er auf ihre auberginefarbenen Lippen starrte, verknotete er unter dem Tisch seine Beine und suchte schon seit einer ganzen Weile angestrengt nach den richtigen Worten, Janine zu einem gemeinsamen Abendessen zu bewegen. Als er seine Einladungsansprache im Kopf ausformuliert hatte und nur noch auf den geeigneten Zeitpunkt lauerte, klingelte sein Handy.

»Lassen Sie alles liegen und stehen«, sagte Angela ohne

jede Vorrede, »und kommen Sie in den Carlisle-Park. Wir haben eine neue Giftleiche. Wir treffen uns dort.«

»Scheiße!«, sagte Baake, und Janine hob pikiert die Augenbrauen.

In der Brennerei saßen sich Vater und Sohn Jessen schweigend gegenüber. Dann hob der alte Jessen den Kopf. »Du hättest mir vertrauen können und die Wahrheit sagen sollen, du hast etwas Neues kreiert. Pirsen tut mir, ehrlich gesagt, auch Leid. Das ist das Problem. Ihr hättet offener kommunizieren müssen.« Jessen senior machte eine Pause. »Die Aktien haben gestern und heute über fünf Prozent verloren. Nur! Ich hatte mehr befürchtet. Aber wenn morgen die Toten durch die Presse gehen, wird's noch mal schwierig.«

Alexander konnte irgendwie nicht verstehen, wie sein Vater Geschäft und Emotion miteinander verband, das war ihm deutlich anzusehen. Der alte Jessen bemerkte die zweifelnden Blicke seines Sohnes nicht und fuhr fort.

»Bis zu zwanzig Prozent dürfen wir verlieren, dann sind wir immer noch gut im Rennen ... Jedenfalls werden im Moment jede Menge Aktien gekauft, sagt die Bank.«

Alexander schüttelte den Kopf. »Du redest von Aktien, ich rede von mir und meiner Angst vor dir und dem Leben. Ich habe Pirsens Freundschaft zerstört, nur um von dir geliebt zu werden.«

Alexanders Vater merkte nichts und schüttelte den Kopf. »Freundschaft? Mit einem solchen Menschen? Das verstehe ich nicht«, sagte Jessen senior. »Das ist nicht wichtig im Leben. Wichtig ist nur Unabhängigkeit und Macht. Beides hat man mit Geld. Mit viel, viel Geld.«

XXIII

Jupp Heekers atmete nur noch schwach und hatte das Bewusstsein bereits verloren, als es seiner langjährigen Tippelschwester Bella einfiel, doch einmal hinter dem Gebüsch nachzusehen, hinter dem er vor einer Ewigkeit verschwunden war.

Sie hatte ein paar Bierchen gezischt, war auf der Parkbank eingeschlafen und brauchte jetzt erst einmal »eine windgeschützte Stelle«, wie sie es nannte. Da sah sie Jupps voll gepackten Wagen ganz allein am Froschbrunnen stehen und erinnerte sich, dass er irgendwann etwas von Bauchschmerzen gesagt und sich in die Forsythien geschlagen hatte. Sie rappelte sich hoch, blickte sich suchend nach ihm um und umschlich seinen Karren. Als sie sah, dass immer noch zwei Fläschchen in dem Karton steckten, widerstand sie der Versuchung nur eine knappe halbe Sekunde, ehe sie sich eins davon schnappte. Flink suchte sie den Sichtschutz der Büsche, drehte das Fläschchen auf und kippte es. Sie kauerte sich hin, um endlich ihre Blase zu erleichtern, als sie ein leises Röcheln hörte und gleich darauf den Fuzzi fand.

Unartikulierte Laute ausstoßend, rannte sie auf ein junges Paar zu, das sich eng umschlungen mitten auf dem Weg küsste, doch die beiden ergriffen erschrocken die Flucht. Ein Hundespaziergänger wedelte abwehrend mit der Hand und wechselte die Richtung, als er die verwahrloste Frau auf sich zustürmen sah, und ein radelndes Rentnerehepaar machte unisono einen weiten Bogen um sie, obwohl sie da längst klar verständlich um Hilfe schrie.

Als endlich der Notarztwagen kam, saß die Frau, deren Gesichtsmuskeln seit Jahren selbst im Schlaf unkontrolliert zuckten, mit versteinerten Zügen im Gras und hielt die Hand des toten Fuzzi. Reglos, mit Augen, so leer wie die der Holzstatuen ringsum, sah sie dem Arzt entgegen. Eine Träne, die ihr über die zerfurchte Wange rollte, schien das einzig Lebendige in dem totenstarren Bild, das die beiden boten.

Kurz darauf traf ein Streifenwagen ein, in dem auch Hauptkommissarin Angela Tendrup saß. Ihr genügte ein kurzer Blick auf die grässlich verrenkte Leiche, um zu wissen, dass der Mann auf die gleiche Weise gestorben war wie Walter Baumgartner. Sie leerte seine Taschen und fand zwischen Tabakkrümeln einen zerfledderten Ausweis und dreiunddreißig Cent in kleinen Münzen, ein paar knittrige Blättchen Zigarettenpapier und drei leere Großer-Held-Fläschchen.

Fuzzi hatte niemals etwas in die Gegend geworfen, sondern pflegte seinen Müll stets sehr sorgfältig zu entsorgen und jede Flasche so lange mit sich herumzutragen, bis er an einem Glascontainer vorbeikam. Das würde jetzt wohl niemand je erfahren, Angela nicht und auch nicht seine Freundin Bella, die sich willenlos aufhelfen und beiseite führen ließ, wobei sie unablässig murmelte:

»Das ist mein Freund, das ist mein Freund, ich hab sonst keinen ...«

Angela geleitete die Frau zu einer nahen Parkbank und setzte sich neben sie. »Wissen Sie, wo er den Großen Held herhat?«, fragte sie sanft und zeigte ihr die leeren Fläschchen.

»Aus seinem Wagen da.« Bellas langer, geborstener Zeigefingernagel stach in Richtung des Froschbrunnens.

»Hat er Ihnen irgendetwas gesagt, wer sie ihm gegeben oder verkauft hat? Oder wo er sie geklaut hat? Denken Sie nach, bitte, es ist wichtig!«

In Bellas linker Gesichtshälfte setzte, zunächst zögerlich, dann immer schneller, das nervöse Zucken wieder ein, was aussah, als würde sie der Kommissarin frenetisch zuzwinkern. Sie schüttelte den Kopf.

»Der Fuzzi hat die nicht geklaut!«, stieß sie trotzig hervor.

Angela stand auf, holte den Karton mit dem letzten Großer Held von Jupps Karren und kehrte zu der Frau zurück.

»Haben Sie gesehen, ob das Paket voll war?«, fragte sie alarmiert. »Hat sonst noch jemand davon getrunken?«

Bella schaute auf die Spitzen ihrer abgetretenen Schuhe, wiegte den Oberkörper vor und zurück und fing an, vor sich hin zu summen.

»In diesen Flaschen ist Gift! Gift, hören Sie mich? Hat noch jemand davon getrunken? Na los!« Angela packte sie an der Schulter und rüttelte sie ungeduldig.

Die Frau sah sie irritiert an, wischte mit einer harschen Bewegung die Hand weg und hüllte Angela dabei in eine scharfe Schweißwolke.

»Verzeihen Sie bitte!« Angela legte die Hände in den Schoß. »Aber das müssen Sie mir sagen, Sie wollen doch auch nicht, dass noch mehr Leute sterben!«

Ihr eindringlicher Ton schien in Bellas von Fassungslosigkeit und Alkohol verwirrten Geist etwas aufglimmen zu lassen, doch dann senkte sie die Augen wieder auf ihre Schuhspitzen.

Mit knirschenden Reifen bremste Baake auf dem Kiesweg. Er streifte Fuzzis Leiche, die soeben in einem schwarzen Plastiksack verschwand, mit einem raschen Blick und eilte dann auf seine Chefin zu. Angela stand auf und ging ihm zwei Schritte entgegen, als hinter ihr die Berberin unvermittelt eine monotone Litanei anstimmte:

»Friede ernährt, Unfriede verzehrt, Friede ernährt, Unfriede verzehrt, Friede ernährt, Unfriede verzehrt ...«

Angela zeigte Baake die drei leeren und das letzte volle Fläschchen und sagte: »Schleunigst checken. Ich habe die Befürchtung, dass der Tote ...« Sie unterbrach sich mit einem gereizten Blick auf Bella, die immer lauter immer dieselben Verse schrie, und erhob dann selbst die Stimme, um sich Gehör zu verschaffen. »Er könnte von dem Zeug noch an andere verteilt haben! Vielleicht weiß sie was. Aber« – ihr Zeigefinger beschrieb kleine Kreise neben ihrer Schläfe – »die ist nicht ganz beieinander.«

»Friede ernährt, Unfriede verzehrt«, plärrte es hinter ihr. Angela rollte die Augen, und der junge Kommissar wandte sich belustigt der abgerissenen Gestalt zu, die mit zuckendem Gesicht und schaukelndem Oberkörper auf der Bank saß, und rief ihr zu: »Ist ja gut, ist ja gut, das steht am Nordertor, na und?«

»Bravo!«, kreischte Bella und klatschte begeistert in die Hände, »der Fuzzi kann das auch aufsagen, aber die Kinder lernen das nicht in der Schule!« Kichernd quasselte sie weiter in sich hinein: »Die haben die Fläschchen eingesteckt. Die wollten nicht besoffen zum Nordertor.«

»Wer?« Angela wirbelte auf dem Absatz herum.

»Na, die Kinder.«

»Welche Kinder?«, herrschte Angela sie an.

»Die uns die Zigaretten gegeben haben«, sagte die Frau arglos. »Die gehen heute nicht in die Schule, die gehen heute in die Momenta!« Triumphierend reckte sie das Kinn.

Angela wusste das Gestammel der verstörten Berberin nicht zu deuten, doch Baake horchte auf.

»Wie sahen diese Kinder aus?«

Bella hob die Schultern. »Wie Jungs halt, Jeans, Turnschuhe ...«

»Wie viele? Wie groß, wie alt?«, drängte Baake.

»Zwei, vielleicht fünfzehn Jahre ... einer hatte so eine rote Jacke an, mit weißen Ärmeln.«

Mit einem Schlag kam Leben in Baake. Er drückte dem einen Streifenbeamten die Fläschchen in die Hand, gab ihm ein paar knappe Anweisungen, wie es damit weiterzugehen hatte, nahm die überraschte Angela einfach an der Hand und zog sie mit sich zum Auto. Er gab Gas, dass der Kies hoch aufspritzte, und der Wagen holperte über die Bordsteinkante auf die Fahrbahn. Angela wurde gegen das Seitenfenster geschleudert, und ihr Kopf stieß hart an die Scheibe.

»Scheiße! Was soll denn das werden, verdammt noch mal?«, fluchte sie.

Mit Blaulicht, heulender Sirene und neunzig Sachen rasten sie über die Schiffbrücke, als er ihr, ohne den konzentrierten Blick von der Straße zu wenden, endlich seine Spontanaktion erklärte:

»Ich glaube, die Schnapsdrossel redet von einer Schulklasse in der Phänomenta! Vielleicht täusche ich mich ja«, rief er aufgeregt, »aber um das rauszufinden, sollten wir uns lieber beeilen. Im Übrigen, die Mail mit den Infos über die Erpressung an die DPA in Hamburg kam aus dem Finanzmaklerbüro Rolf Steckler in Flensburg.«

Angela runzelte die Stirn. »Müssen wir den kennen?« Baake schüttelte den Kopf. »Ich glaube nicht, Zamzow sitzt dran.«

XXIV

Die Phänomenta ist in einem attraktiven Kaufmannshof aus dem letzten Jahrhundert untergebracht, den die Stadt Flensburg zu diesem Zweck restauriert hat. Sie ist eine Ausstellung, in der Anfassen nicht nur erlaubt, sondern sogar erwünscht ist, eine Art interaktives Erfahrungsfeld für physikalische Phänomene, und somit auch ein beliebtes Ziel für örtliche Schülergruppen. Zum Jahr der Technik 2004 hatte man sich etwas Besonderes einfallen lassen und Schülerinnen und Schüler aus ganz Schleswig-Holstein dazu aufgerufen, bis spätestens September eine möglichst originelle Kugelbahn zu entwerfen und zu konstruieren. Zum Schluss sollten alle Wettbewerbsbeiträge zu einer einzigen großen fortlaufenden Installation verbunden werden.

Die Klasse 8b der Hebbelschule hatte unter Anleitung ihres Physiklehrers in einem abgedunkelten Raum im Erdgeschoss mit Feuereifer Schalter geknipst und Strahler bewegt, um die Gesetzmäßigkeiten der Lichtbrechung am praktischen Beispiel zu erforschen. Geblendet traten sie eineinhalb Stunden später in den sonnigen Innenhof hinaus, wo sie in zwei Gruppen unterteilt wurden. Diejenigen, die an dem Kugelbahnwettbewerb teilnehmen wollten, würden sich zusammen mit dem Physiklehrer im ersten Stock der Planung ihres Vorhabens widmen, während sich die Übrigen in Begleitung des Klassenlehrers in anderen Bereichen der Ausstellung umsehen sollten. Nach der Mittagspause, in der die Schüler sich frei bewegen durften, jedoch angehalten waren, die Räumlichkeiten der Phänomenta nicht zu verlassen, verabredete man sich wieder im Innenhof.

Chris und Robin schlenderten der zweiten Gruppe hinterher. Ein Mädchen, das eine blinde Schwester hatte, regte an, nach oben zu gehen, »wo man Braille lernen kann«. Der Vorschlag wurde nur halbherzig aufgegriffen, doch machte auch niemand einen besseren. Auf der Treppe begegnete Herr Meilardt, der Klassenlehrer, unerwartet Frau Selinger, Kollegin an der Käthe-Lassen-Schule und Meilardts heimlicher Schwarm, und verstrickte sie nach überschwänglicher Begrüßung in ein lebhaftes Gespräch. Seine Schüler trabten weiter treppauf, sahen sich unschlüssig nach ihm um und zerstreuten sich dann allmählich, weil einer nach dem anderen bei irgendeinem faszinierenden Experiment hängen blieb.

Chris und Robin drehten an einigen kreisrunden Scheiben mit schwarzweißen Op-Art-Mustern, die, wenn man sie in Bewegung versetzte, im Auge des Betrachters die unglaublichsten optischen Täuschungen entstehen ließen, und umwickelten sich vor der Bluescreen vom Hals abwärts in blauen Stoff, so dass auf der Leinwand nur ihre Köpfe zu sehen waren, die sie dann im Amazonas durch wilde Dschungelszenarien treiben ließen, verständigten sich aber bald darauf, lieber ein ruhiges Plätzchen zu suchen, wo man ungestört eine Zigarette rauchen und friedlich die Mittagspause abwarten konnte, wobei Chris sich grinsend auf die Brust klopfte, so dass die Großer-Held-

Fläschchen in der Innentasche seiner roten Sportjacke leise aneinander klirrten.

Kaum hatten sie sich jedoch in der Cafeteria einen Aschenbecher und einen Platz hinter der Eistruhe gesichert, von wo aus sie einen guten Überblick hatten, ohne selbst sofort gesehen zu werden, als Herr Meilardt und Frau Selinger Arm in Arm hereinkamen. Plaudernd und lachend traten sie an die Kuchentheke, ohne die übrigen Gäste auch nur eines Blickes zu würdigen, so dass die beiden Jungen hinter ihrem Rücken unerkannt flüchten konnten. Auf dem Weg zum Ausgang alberten Robin und Chris noch eine Weile vor den Zerrspiegeln herum, machten sich strichdünn, kugelrund und ließen sich von oben bis unten in Wellen legen, dann verloren sie auch daran die Lust.

Sie verließen die Ausstellung und überquerten den Nordertorplatz, als die Sirenen der nahenden Polizeiwagen schon sehr deutlich zu hören waren. Kurz darauf bremste Baake vor dem Eingang der Phänomenta. Er und Angela waren noch nicht ausgestiegen, als auch schon ein Streifenwagen und eine Ambulanz eintrafen.

»Sie kriegen vermutlich zwei Jungs mit akuter Zyanidvergiftung. Halten Sie sich bereit!«, wies Angela die Sanitäter an und winkte die vier Uniformierten, die aus dem Streifenwagen sprangen, zu sich. Während sie vorauslief, instruierte sie den Trupp: »Wir suchen zwei etwa fünfzehnjährige Jungen. Einer trägt eine rote Jacke mit weißen Ärmeln. Sie sind in Lebensgefahr und müssen umgehend in ärztliche Behandlung. Sie fangen ganz oben an, Sie im ersten Stock, und Sie kommen mit mir! Beeilen Sie sich!«

Als die Polizei das Gebäude stürmte, hatten sich die beiden Jungen gerade auf dem sonnenwarmen Pflaster niedergelassen und sahen, bequem gegen die rote Backsteinmauer des alten Stadttors gelehnt, dem Tumult neugierig zu.

Robin versetzte Chris einen Rippenstoß. »Hey, was hast'n wieder ausgefressen?«

Sein Freund lachte. »Ich doch nicht, die sind bestimmt hinter dir her!«

Robin zückte die Zigarettenschachtel, Chris gab ihm ein Großer Held. Sie taten ein paar tiefe Lungenzüge, kreuzten die lang ausgestreckten Beine und schraubten die Fläschchen auf. Das Fiepen eines Lautsprechers tönte von fern zu ihnen herüber, gefolgt von einer Durchsage, von der sie auf ihrer Seite des Platzes jedoch kein Wort verstehen konnten.

»Achtung, Achtung! Ich wiederhole: Eine wichtige Durchsage der Polizei ...«

Angela, die dem jungen Beamten den Auftrag gegeben hatte, die Lautsprecherdurchsage dringend und unmissverständlich zu machen, ohne jedoch den Markennamen oder die Firma zu nennen, nickte diesem anerkennend zu und schaute sich suchend nach Baake um, den sie unmittelbar hinter sich vermutet hatte, jedoch nirgends entdecken konnte. Als sie ihn durch die Glasfront der Eingangshalle draußen stehen und in die Sonne blinzeln sah, machte sie sich kopfschüttelnd auf den Weg zu ihm.

Baake hatte, er wusste selbst nicht recht warum, auf halbem Weg vom Auto zum Eingang plötzlich kehrtgemacht. Nachdenklich blickte er über den Platz, wobei er sich langsam um die eigene Achse drehte. Er kannte dieses Gefühl gut, und er hasste es. Unterbewusst erregte etwas seine Aufmerksamkeit, und dann fand er sich, die Nase witternd in den Wind gehoben, die Augen zu angestrengten Schlitzen zusammengekniffen, und suchte nach etwas, wovon er selbst nicht wusste, was es war.

Gegenüber stießen die beiden Jungen mit Großer Held an, und Chris sagte grinsend: »Prost! Auf den edlen Spender, wie versprochen!«

Robin ergänzte: »Und auf die Alte mit dem Tick auch!« Er äffte das krampfhafte Zwinkern der Frau nach, und lachend ließen sie die Fläschchen noch einmal aneinander klicken.

Chris legte den Kopf zurück und leerte sein Großer Held in einem Zug. »Aah!«, machte er und wischte sich mit dem Handrücken über den Mund.

Auch Robin hatte den kleinen Flaschenhals mit den Lippen umschlossen, doch die Erinnerung an die Alte im Park brachte ihn immer wieder zum Lachen, so dass er sich gleich am ersten Tropfen verschluckte.

Im selben Moment erspähte Kriminalmeister Jens Baake die rote Jacke mit den weißen Ärmeln und spurtete los.

Robin hustete und würgte, dann wischte er sich, noch immer lachend, die Tränen aus den Augen, setzte das Fläschchen erneut an und trank es halb aus. Als er es gerade wieder an den Mund heben wollte, schrie Baake:

»Neiiin!«

Der athletische Kriminalmeister setzte zu einem Hechtsprung an, ging quasi im Sturzflug über den erschrockenen Jungen nieder und riss ihm das Fläschchen aus der Hand.

»Nicht trinken! Um Gottes willen, das Zeug ist vergiftet!« Baake rappelte sich auf und half Robin auf die Füße. Auch Chris war aufgesprungen und starrte entsetzt auf das leere Fläschchen in seiner Hand.

»Ich hab sie!«, sagte Baake ins Funkgerät.

In der sperrangelweit geöffneten Hecktür des Notarztwagens sprangen zwei Sanitäter auf, liefen ihnen entgegen und fassten die beiden erschrockenen Jungen unter.

»Habt ihr noch mehr davon?«, fragte Baake und schüttelte wütend das Fläschchen.

»Nein, nur jeder eins.«

»Wo habt ihr die her?«

»Die hat uns so ein Penner im Park geschenkt.«

»Wisst ihr, wo der sie herhatte?«

Robin zuckte die Achseln: »Von Peer, hat er, glaube ich, gesagt.«

»Ja, stimmt!«, pflichtete Chris ihm bei. »Das ist der Liliputaner, der den Kiosk an der Schleswiger hat, den kenn ich.«

Am Abend dieses Tages fühlte sich Angela wie durch die Mangel gedreht.

Von den Großer-Held-Fläschchen, die Jupp Heekers im Park verteilt hatte, waren offenbar nur zwei vergiftet gewesen. Eines war dem armen Fuzzi selbst zum Verhängnis geworden, und an dem anderen hatte sich der fünfzehnjährige Robin glücklicherweise so rechtzeitig verschluckt, dass er dank Baakes entschlossener Aktion und einem schnell verabreichten Brechmittel mit dem Schrecken davongekommen war. Die beiden Schüler und auch Bella, die zu Tode verängstigt schließlich eingestand, sich an Jupps vorletztem Großer Held vergriffen zu haben, waren ärztlich untersucht worden und alle wohlauf.

Das war so ziemlich das Einzige, was Angela noch interessierte, bevor sie sich in den wohlverdienten Feierabend verabschiedete, denn sie vermochte kaum noch einen klaren Gedanken zu fassen. Abgesehen davon hatte sie den ganzen Tag nichts Richtiges gegessen, und ihre Eingeweide wurden langsam rebellisch. Sie hatte sich entschieden. Mexikanisch wollte sie essen. Im Viva in der roten Straße. Flüchtig sichtete sie das Chaos auf ihrem Schreibtisch und griff soeben nach ihrer Jacke, als unvermittelt Baake in der Tür stand. Sie konnte einen entnervten Seufzer nicht ganz unterdrücken.

»Keine Sorge, bin gleich wieder draußen«, grinste er und wedelte mit einem Blatt Papier. »Aber das hier muss ich heute noch loswerden, das ist morgen nichts mehr wert!«

Er übergab ihr einen klein beschriebenen Druckauszug. Schon ein einziger Blick genügte, und Angela war mit einem Schlag wieder hellwach, und auch ihr Hunger war wie weggeblasen. Was sie in den Händen hielt, waren die Wohnungsangebote, die erst am nächsten Morgen in der Zeitung stehen würden. Sie schlang Baake einen Arm um den Hals und drückte ihm einen Kuss auf die Wange.

»Goldstück!«

Seine Verlegenheit bekam sie gar nicht mit, denn sie hatte die Jacke wieder über den Stuhl geworfen und sich an den Tisch gesetzt. Mit einer Hand griff sie nach dem gelben Markierstift, mit der anderen zog sie das Telefon heran, beugte sich über die Anzeigen und saugte die Unterlippe zwischen die Zähne.

Baake entfernte sich achselzuckend. In der Tür wandte er sich noch einmal um: »Ach ja, laufen Sie besser nicht durch den Hauptausgang. Die Presse lauert auf Infos, und Sie wissen ja, dass ich morgen früh zu dieser Datenbankschulung muss, da haben Sie dann leider keinen Chauffeur ...«

»Kann man nichts machen, ich komm schon klar, danke«, sagte sie, nickte ihm zerstreut nach und langte bereits nach dem Hörer.

XXV

Der Morgen war klar und schön, und entsprechend zerknautscht erschien Angela zum Frühstück, die Druckstellen ihrer Schlafmaske noch auf der Wange. Dennoch strahlte sie über das ganze Gesicht, und die Pensionswirtin sah ihr verwundert entgegen, als sie sie mit ihrem gesamten Gepäck die Treppe herunterkommen sah.

»Guten Morgen!«, rief Angela munter. »Würden Sie mir bitte meine Rechnung fertig machen, während ich frühstücke?«

»Sie haben wohl eine Wohnung gefunden«, mutmaßte die Pensionswirtin und stellte ihr die erste Tasse Kaffee hin.

»Und was für eine!«, jubelte Angela. »Ich kriege heute Abend schon die Schlüssel! Dann würde ich auch gern meine Sachen abholen, wenn ich die bis dahin noch bei Ihnen unterstellen darf.«

Sie fühlte sich wie auf Wolken. Nur noch dieser Termin mit dem Chef und Torsten Zamzow, dann würde der großmäulige Erpressungsspezialist endlich wieder nach Kiel entschwinden, und sie hätte erst einmal ein langes dienstfreies Wochenende vor sich.

Die Wirtin legte Angela die Tageszeitung mit der Schlagzeile hin: »Erpresser bei Lösegeldübergabe erwischt. 2 Tote.« Angela überflog den Bericht. Zamzow und

Polizeipräsident Heller hatten alle Erfolge für sich verbucht, aber Angela konnte sich nicht darüber aufregen.

Nach einem Blick auf die Uhr beschloss sie, kein Taxi zu rufen und zu ihrer Besprechung ruhig ein bisschen zu spät zu kommen. Beschwingt machte sie sich zu Fuß auf den Weg ins Polizeipräsidium.

Als ungefähr um dieselbe Zeit die kleine Laura Baumgartner die Augen aufschlug, fiel ihr als Allererstes ein, dass heute ihr Geburtstag war, und statt sich noch dreimal umzudrehen, wie es ihre Gewohnheit war, sprang sie voller Erwartungsfreude aus dem Bett. Doch als Zweites fiel ihr ein, dass sie kein Gartenfest machen durfte, wie sie es ursprünglich mit Oma geplant hatte, und außerdem war ja diese schlimme Sache mit Papa passiert. Ihr ganzer Elan verpuffte wie die Luft aus einem Ballon.

»Zum Geburtstag viel Glück, zum Geburtstag viel Glück ...«, hörte sie auf dem Flur ihre Oma trällern, die kurz darauf mit einem Tablett in der Hand ins Zimmer trat. Singend servierte Gerda Stielke ihrer Enkelin ein Glas Kakao und ein in Herzform ausgestochenes Scheibchen Weißbrot, das mit Nutella bestrichen und mit acht winzigen brennenden Kerzchen garniert war, und hielt erschrocken inne, als sie die Kleine mit dicken Tränen in den Augen auf der Bettkante sitzen sah. »Oooch, das ist aber kein Geburtstagsgesicht! Was ist denn?«

Sie setzte sich neben Laura und legte den Arm um sie. Das Mädchen umschlang sie und drückte das Gesicht an ihre Schulter. Gerda Stielke strich ihr tröstend übers Haar, doch Laura hörte schon auf zu weinen, putzte sich mit einer resoluten Geste die Tränen und die Nase an Omas Morgenrockärmel ab und sagte tapfer:

»Schon gut, Oma. Ist halt irgendwie kein richtiger Geburtstag.«

»Ja, Kleines, das stimmt«, sagte Gerda Stielke und strich ihr eine seidige Haarsträhne aus dem Gesicht. »Aber warum? Entscheide selbst. Auf dem Weg zur Schule kaufen wir bei Peer eine große Tüte Süßigkeiten, und dann gibst du allen deinen Schulkameraden, die du sonst zu deiner Party eingeladen hättest, in der Pause einen aus, oder du lässt die Einladung gelten, und sie kommen heute Mittag her wie immer.«

Laura sagte, ein bisschen lahm, aber lächelnd: »Au ja, aber darf ich das denn? Wegen Papa mein ich?«

»Du entscheidest alleine. Jetzt musst du aber erst mal die Kerzen ausblasen, alle mit einem Atemzug, damit du auch viel Glück hast im neuen Lebensjahr.«

Laura holte ganz tief Luft und pustete sämtliche Flämmchen aus, dann pickte sie die Kerzen vom Brot, biss herzhaft hinein und strahlte ihre Oma mit Schokoladenzähnen an.

Gerda Stielke drückte ihr einen Kuss auf den hellblonden Scheitel und stand auf. »Und dann komm langsam in die Gänge, sonst hast du ja gar keine Zeit mehr zum Geschenkeauspacken!«

Laura stürzte den Kakao hinunter, schlüpfte aus Gerdas Arm und marschierte ins Bad.

Für die nächste halbe Stunde vergaß Laura alle ihre Nöte und fühlte sich wie an einem rundum gelungenen Geburtstagsmorgen. Ihre Mutter küsste sie und überreichte ihr ein komisch oval geformtes Päckchen. Mäxchen wackelte auf unsicheren Beinchen eilig auf die große Schwester zu, streckte ihr auch ein in buntes Papier gewickeltes Geschenk entgegen und drückte ihr, als sie sich vor ihn kauerte, einen nassen Kuss mitten ins Gesicht. Nachdem sie zuerst ein Fahrradschloss und dann einen witzigen bananenförmigen Helm ausgepackt hatte, sah sie erst ihre Mutter, dann ihre Oma kiebig an. Gerda Stielke machte eine kaum merkliche Kopfbewegung zur Tür, und Laura stürmte aus der Küche. Im nächsten Augenblick ertönte ihr begeistertes Geschrei, denn mitten im Flur stand, verziert mit einer großen Schleife, ein hellblaues, chromblitzendes Fahrrad.

Bevor Großmutter und Enkelin sich schließlich auf den Weg in die Schule machen konnten, gab es noch einmal bittere Tränen, weil Laura nicht einsehen wollte, warum sie nicht mit dem Fahrrad in die Schule fahren durfte.

»Ganz langsam neben der Oma her und nur auf dem Gehweg, Ehrenwort, bitte, Mama, bitte, bitte!«, flehte sie, doch Maja blieb unerbittlich. Erst als Gerda ihr versprach, noch am selben Nachmittag, nach der Geburtstagsparty, gemeinsam auf die Räder zu steigen, um die vier Ecken zu fahren und die Verkehrsregeln zu üben, griff sie schniefend nach ihrem Rucksack und ließ sich an die Hand nehmen.

Zu allem Überfluss war auch noch Peers Kiosk geschlossen, was zu einem weiteren spektakulären Auftritt Lauras mitten auf der Schleswiger Straße führte. Sie stampfte mit den Füßen und warf sich auf den Boden, wobei sie schrie wie am Spieß. Gerda versuchte sie zu beschwichtigen und schlug vor, einfach eine Straße weiter zum Supermarkt zu gehen, vermochte ihr Gebrüll aber nicht zu übertönen, und da die Leute sich bereits nach ihnen umdrehten, schloss die Großmutter die Finger wie einen Schraubstock um Lauras schmales Handgelenk und zerrte das plärrende Kind bis zum Supermarkt. Laura heulte noch, bis sie vor dem Süßkramregal standen und Gerda sie fragte, was sie am liebsten hätte, ließ sich aber schließlich die Nase putzen und trottete besänftigt mit dem Drahtkörbchen voller Kekse, Schokoriegel und Bonbons zur Kasse. Gerda stöhnte, als sie sah, dass dort eine Schlange von sechs oder sieben Kunden anstand, und Laura sagte laut:

»Oje, so komm ich aber bestimmt zu spät in die Schule, Oma!«

»Ja, Timmy auch! Die könnten wirklich die andere Kasse auch noch aufmachen«, beschwerte sich die Kundin vor ihnen und strich einem kleinen Jungen übers Haar, der in jeder Hand eine Milchschnitte hatte und mit vollen Backen kaute.

»Ist leider niemand da. Um diese Zeit bin ich immer allein«, entschuldigte sich die Kassiererin, wobei sie den Scanner unentwegt über die Etiketten flitzen ließ. »Aber normalerweise ist auch nicht so ein Betrieb.«

»Das ist wahrscheinlich, weil der Kiosk da vorne zuhat«, sagte ein junges Mädchen, das weiter hinten in der Schlange stand.

»Ja, komisch, der ist doch sonst immer offen«, warf Gerda ein.

»Da ist vor einer Weile die Polizei vorgefahren, und dann war die Bude auf einmal dicht. Hat vielleicht mit diesem Stadtstreicher zu tun, den sie gestern tot im Park gefunden haben«, mischte sich ein älterer Herr ein.

»Wer ist tot?«, schrie eine schwerhörige alte Frau, die sich über einen Krückstock beugte.

»Dieser Alte, der hier immer mit seinem Supermarktkarren durch die Gegend gezogen ist«, erklärte der Mann.

Der Fuzzi war ein in der ganzen Stadt und einem guten

Teil von Sandberg bekanntes Original, und die Nachricht machte Furore.

»Der Fuzzi? Ach, du lieber Gott!«

»Wie ist denn das passiert?«

»Der schien doch unverwüstlich!«

»Bestimmt die Leber, der hat halt schon immer zu viel getrunken ...«

»Nein, er soll vergiftet worden sein. Ich hab zugesehen, wie sie ihn abtransportiert haben. Er hat irgendwas getrunken, wo Rattengift drin war, hieß es«, erklärte der ältere Herr, dessen Lieblingsplatz eindeutig der Mittelpunkt war.

»Das hab ich auch gehört«, sagte das junge Mädchen eifrig. »Aber es soll auch ein paar Schüler erwischt haben. Bei uns nebenan wohnt einer, der in dieselbe Klasse geht.«

»Steht alles schon im Flensburger Tageblatt«, sagte die Kassiererin.

Gerda Stielke war dem Gespräch mit runden Augen und offenem Mund gefolgt, bis Laura sie am Ärmel zupfte und sie mit heller Stimme aus ihrer Gebanntheit riss.

»Ist das der alte Zausel, der immer seine ganze Wohnung in Einkaufstüten dabeihat, Oma?«

Ein paar der Wartenden lachten bei dieser Beschreibung unwillkürlich auf. Gerda Stielke bekam einen roten Kopf und machte eine Geste, als wollte sie der Kleinen die Ohren zuhalten. Sie waren noch nicht weiter als bis zur fünften Stelle vorgerückt, und Gerda sah auf die Uhr. Sie kauerte sich vor Laura hin und sagte:

»Das dauert viel zu lang hier. Ich mach dir einen Vorschlag: Wir lassen die Tüte hier stehen, und ich bring dich zur Schule. Dann komme ich wieder hierher, hole die Tüte und bringe sie dir rechtzeitig zur großen Pause zum Schulhof.«

Laura dachte einen Moment nach, stimmte dann aber gnädig zu. Aufatmend nahm Gerda Stielke ihre Enkelin bei der Hand und zog sie rasch aus dem Laden, um ihr nur keine Zeit zu geben, es sich noch anders zu überlegen.

XXVI

Obwohl Angela wusste, dass der Polizeipräsident und Kriminaldirektor Torsten Zamzow schon seit gut zehn Minuten auf ihr Erscheinen warteten, ging sie noch kurz in ihrem Büro vorbei, wo das Ableben des Fuzzi ebenfalls das zentrale Thema war. In der Tür begegnete sie dem hinauseilenden Liliputaner, den man nach einer gründlichen Befragung wieder zurück zu seinem Laden ließ.

»Bestellungen, Lieferscheine, Kassenbuch, konfiszierte Ware, stimmt alles lückenlos überein«, informierte die junge Beamtin, die die Überprüfung der Geschäftspapiere des Kioskbetreibers vorgenommen hatte, ihre Hauptkommissarin. »Er schwört Stein und Bein, dass er keine Ahnung hat, wie die manipulierte Ware in seinen Kiosk geraten sein könnte.«

»Noch irgendwas zu dem anonymen Anruf?«

»Nein, der war leider tatsächlich zu kurz.«

»Und die Strichcodes?«

»Die haben wir auch checken lassen. Die Fläschchen Großer Held vom Park, sowohl die vergifteten als auch die mit unversehrtem Deckel, stammen aus derselben Serie wie die, die Baumgartner bei sich hatte, allerdings auch in seiner Tankstelle verkaufte.«

»Vielen Dank!«

Angela sah auf die Uhr, zuckte zusammen, machte auf dem Absatz kehrt und fegte, als ihr der Aufzug vor der Nase wegfuhr, die Treppe hinauf. Schwer atmend kam sie in Hellers Büro an.

»Guten Morgen, tut mir Leid, dass ich ...« Angela unterbrach sich und lächelte charmant. »Also, ich bitte die Herren um Verzeihung, dass ich zu spät komme, aber Leid tut mir im Moment, ehrlich gesagt, gar nix, denn ich hab endlich eine Wohnung gefunden und musste unbedingt noch packen!«

Ihr Chef pflegte mit keinem seiner Untergebenen einen besonders vertraulichen Umgangston, sondern war stets korrekt und wirkte eher distanziert, trotzdem hatte Angela hin und wieder das Gefühl, dass er eine besondere Sympathie für sie hegte. Auch jetzt lächelte er ihr durchaus wohlwollend entgegen, während Torsten Zamzow mit strenger Miene auf die Uhr sah.

»Ich komme auch schnell zur Sache«, versprach sie.

Zamzow konnte sich ein herablassendes Grinsen nicht verkneifen. »Wir sind ganz Ohr!«

Angela gab eine knappe, klare Zusammenfassung des Erkenntnisstandes in diesem zweiten Giftfall und schloss: »Ich bin der festen Überzeugung, dass der Tod des Obdachlosen ebenso wenig wie der Walter Baumgartners auf das Konto des überführten und geständigen Erpressers geht. Die dänischen Kollegen haben noch gestern Nacht das Kopenhagener Appartement von Kirsten Lummer durchsucht, in dem seit einiger Zeit offenbar auch Henrik Pirsen wohnt, und nicht den geringsten Hinweis auf eine Giftküche gefunden. Im Übrigen haben wir beider Aussagen überprüft und hundertprozentig bestätigen können. Wenn wir also anfangs davon ausgegangen sind, dass Erpresser und Mörder ein und dieselbe Person sind, so müssen wir jetzt annehmen, dass wir den Erpresser zwar haben, der Mörder aber immer noch frei herumläuft.«

Zamzow nahm seine Brille ab, hauchte die Gläser an und begann, sie mit einem Papiertaschentuch sorgfältig zu polieren. Zwischendurch strich er mehrmals die Haarsträhne zurück, die ihm ebenso oft wieder ins Gesicht rutschte.

Angela sah ihm gespielt mitleidig zu. »Tja, Torsten, vielleicht musst du es einfach mal so sehen: Dieser Fall widerspricht zwar deiner geliebten Erpresserstatistik, aber immerhin bereichert er sie auch um ein äußerst innovatives Tatmotiv: Meine Vermutung ist, dass wir es hier mit einer ganz merkwürdigen Art von Trittbrettfahrerei zu tun haben. Hier hat jemand mit dem Wissen um die Erpressung gezielt gemordet, damit wir diese Taten dem Erpresser in die Schuhe schieben. Eine in der Kriminalgeschichte bisher einmalige Konstellation.«

»Interessante These«, sagte Zamzow, aber es klang eher wie ›so ein Blödsinn!‹.

Heller jedoch nickte ihr zu und ermunterte sie fortzufahren.

»Tja«, Angela zuckte die Schultern, »wer wusste von der Erpressung, das ist hier die Gretchenfrage! Das streng gehütete Geheimnis war ja letztlich doch einer ganzen Menge Leute bekannt. Und solange der Erpresser nicht geschnappt war, konnte der Täter sich sicher fühlen.«

»Der Krisenstab kommt in zwanzig Minuten zu einem Abschlussgespräch zusammen. Da könntest du deine Theorie am besten gleich selbst vortragen ...«

Angela winkte grimmig ab. »Weißt du, es gibt Staubsaugervertreter, die verkaufen Staubsauger. Es gibt Versicherungsvertreter, die verkaufen Versicherungen. Und dann gibt's noch die Volksvertreter ...« Sie wischte kräftig mit der Hand durch die Luft. »Ich hab nix gesagt, streich das lieber wieder! Aber es ist einfach besser, ich überlass die Diplomatie dir. Ich möchte nämlich vor allen Dingen vermeiden, dass noch mehr Leute zu Tode kommen! Es steht schon alles in der Zeitung. Warum holt Jessen nicht das ganze Zeug zurück und prüft es, bis wir Erfolg haben?« Angela schickte sich an zu gehen, blieb stehen, drehte sich um. »Ach übrigens, was ist mit diesem Finanzmakler? Woher wusste er ...?«

Zamzow und Heller wechselten einen Blick. Zamzow zuckte die Achseln. »Noch nix.«

Nach dieser dummen Aussage verließ Angela hoch erhobenen Hauptes den Raum und schloss mit würdevoller Sachtheit die Tür.

Mit langen Schritten marschierte sie über den Korridor, am Aufzug vorbei und stürmte die Treppe hinunter. Sie ließ ihren ganzen angestauten Zorn an ihrer Bürotür aus, die sie mit doppelter Wucht hinter sich zuschlug. Wutschnaubend warf sie sich in ihren Drehsessel. Doch schon im nächsten Augenblick sprang sie wieder auf. Sie musste sich beruhigen und nachdenken. Und dazu brauchte sie einen Eisbecher und zwar sofort. Einen mit viel Amaretto! Sie sah ihn förmlich vor sich, mit Schirmchen, Waffel, Mandelsplittern und allem Drum und Dran, und das Wasser lief ihr im Mund zusammen, dass es fast schmerzte.

Angestrengt kramte sie in ihrem Gedächtnis, welchen Italiener ihr Baake kürzlich als den besten der Stadt gepriesen hatte. Sie erinnerte sich, es sogar aufgeschrieben zu haben. Suchend glitt ihr Blick über die kleinen gelben Klebezettel, die ihren Schreibtisch, den Computerbildschirm und selbst die Tastatur zierten. Dann zog sie die Schreibtischschublade auf und stockte.

Obenauf lag ein gerahmtes Schwarzweißfoto, das fast drei Jahrzehnte lang ein großes Konferenzzimmer im Polizeipräsidium geschmückt hatte, nach dessen Renovierung jedoch nicht wieder aufgehängt worden war. Ihr Chef hatte es ihr vor einiger Zeit persönlich gegeben, in der Annahme, dass sie es gern als Andenken aufbewahren würde. Sie nahm es in die Hand und betrachtete es mit zusammengepressten Lippen. Es zeigte eine feierliche Ordensverleihung, bei der der damalige Polizeipräsident einem jungen Streifenbeamten mit abstehenden Ohren eine Auszeichnung an die Uniformjacke heftete. Auch der spätere Polizeipräsident Heller, der schon mit Anfang zwanzig seinen Seehundschnäuzer getragen hatte, war auf dem Foto anwesend.

Der Geehrte war damals achtundzwanzig Jahre alt gewesen, und vor ihm hatte eine verheißungsvolle Zukunft gelegen. Er war glücklich verheiratet, Vater einer sechsjährigen Tochter, und seine Frau war nach mehreren Fehlgeburten endlich mit dem ersehnten zweiten Kind schwanger.

Eines Vormittags gegen Ende des siebten Monats hatte sie über Schmerzen geklagt, und er war vom Dienst entwischt, um sie zum Arzt zu begleiten. Die Beschwerden erwiesen sich als unbedeutend, und das Paar verließ voller Erleichterung die Praxis, kaum eine Minute nachdem auf der anderen Straßenseite ein Überfall auf eine Apotheke stattgefunden hatte. Die beiden Räuber rannten über die Straße, machten aber wieder kehrt, als sie den Uniformierten sahen. Einer zog eine Schusswaffe und feuerte im Weglaufen hinter sich. Auch der Polizeibeamte entsicherte seine Pistole und schoss mehrmals auf die Flüchtenden, traf jedoch keinen von beiden. Als er sich wieder seiner Frau zuwandte, lag sie tödlich verletzt in ihrem Blut.

So hatte Angela ihre Mutter verloren und im Grunde auch ihren Vater. Denn nachdem die Untersuchung der Leiche ergeben hatte, dass die Kugel ein Querschläger aus Frieder Tendrups eigener Dienstwaffe gewesen war, erlitt dieser einen Zusammenbruch, von dem er sich nie wieder richtig erholen sollte. Er quittierte den Dienst, bezog fortan eine kleine Pension und brachte sich und die kleine Angela mehr schlecht als recht über die Runden, indem er gelegentlich nachts Taxi fuhr. Er blieb ein mürrischer, wortkarger Mann, und Angelas Jugend war von Bitterkeit und Melancholie geprägt. Nur ein einziges Mal noch sollte sein früheres Temperament aufflammen, nämlich als ihm seine Tochter eröffnete, sie wolle Kriminalbeamtin werden. Der folgende Streit war der definitive Scheideweg für Vater und Tochter, ohne dass sich jemals auch nur die geringste Chance einer Versöhnung andeuten sollte.

Die Trauer, die sie nach seinem Tod mit unerwarteter Heftigkeit befiel, galt nicht dem lieblosen Vater, den sie schon lange aus ihrem Leben verbannt hatte, sondern dem einsamen alten Mann, dem das Schicksal so übel mitgespielt hatte, dass er seinem zugemüllten Trinkerdasein schließlich auf diese grauenhafte Weise ein Ende setzen musste.

Mit leisem Schauder legte sie das Bild zurück in die Schublade und drückte sie zu, als sich zaghaft die Türklinke regte. Ein Ellbogen drückte gegen die Tür, und Baake schob sich in den Raum. Er balancierte zwei in steifes Papier gehüllte Päckchen, die er zum Schreibtisch trug und vorsichtig absetzte.

»Nach der Datenbankschulung hat mir der Kopf geraucht, da brauchte ich unbedingt was zur Abkühlung. Und dann hab ich gedacht, dass Ihnen das nach Ihrem Gipfeltreffen vielleicht auch gut täte!«

Mit spitzbübischem Grinsen packte er zwei eisgefüllte Waffelhörnchen mit sündhaften Sahnehauben aus, aus denen je ein winziges neonfarbenes Plastiklöffelchen ragte. »Schoko, Pistazie, Kokos und Mandel, Amaretto, Vanille!«, erklärte er so stolz, als habe er die Eiscreme eigenhändig angerührt.

Für einen Augenblick war Angela sprachlos vor Begeisterung, dann langte sie mit einem kleinen Juchzer nach dem Mandeleis, zog das Löffelchen heraus und steckte es in den Mund. Dabei strahlte sie Baake so entzückt an, dass er sich wunderte, wieso ihm bis jetzt nicht aufgefallen war, was für schöne Augen sie hatte.

Jessen senior saß an seinem Schreibtisch und telefonierte in sichtlich guter Laune, als sein Sohn eintrat. Mit einer Handbewegung forderte er ihn auf, zu schweigen und Platz zu nehmen, und sprach weiter. »Das höre ich gerne. Ich denke, nach der heutigen Entwicklung wird es sicher ein gutes Fixing geben. Ich danke Ihnen, Herr Dr. Loffe. Und wer hat da gestern zugeschlagen? ... Steckler? Dacht ich mir. Okay, bis dann!« Er legte den Hörer auf und wandte sich direkt Alexander zu.

»Auch schlechte Nachrichten sind manchmal gute Werbeboten. Die Aktien sind nach dem Fahndungserfolg heute Morgen um zehn Punkte geklettert, die Auftragslage ist erstklassig, wir kommen mit der Produktion kaum nach. Dein Vorschlag, eine ›Heldin‹ für die zukünftige Aktion einzusetzen, ist blendend. Damit trinken noch mehr

Frauen, die sich bisher zurückgehalten haben und ... die Kanadier haben offiziell ihr Angebot unterbreitet ... Nur das Fixing fehlt, aber da einigen wir uns schon, mein Sohn. Alles in Butter!«

»Und was wird dann aus mir, wenn verkauft ist?«, fragte Alexander seinen euphorisierten Vater. »Du wirst Marketingleiter für Europa, das ist eine unserer Bedingungen, und sie stimmen zu, da kannst du sicher sein, aber weshalb bist du eigentlich hier?« Alexander nahm seinen ganzen Mut zusammen, für den Satz: »Wir sollten alle Großer-Held-Fläschchen zurückrufen, bis der Fall geklärt ist!«

Jessen senior glaubte nicht richtig zu hören. »Bist du verrückt?«, fuhr er seinen Sohn an. »Auf gar keinen Fall!«

XXVII

Für gewöhnlich eilte Gerda Stielke mit weit ausgreifendem, sportlichem Schritt durch die Straßen, die Augen in die Welt gerichtet, und grüßte jeden Bekannten mit ein paar munteren Worten. Auf dem Rückweg von der Schule zum Supermarkt bewegte sie sich jedoch bedächtig und sah nachdenklich zu Boden. Gerade wollte sie die Kassiererin nach ihrer zuvor zurückgelassenen Tüte fragen, als sie durch das Schaufenster sah, dass Peers Kiosk wieder geöffnet war. Zum zweiten Mal an diesem Morgen machte sie kehrt und verließ unverrichteter Dinge den Laden.

Noch ehe Peer sein Verkaufsfenster richtig hatte hochklappen können, war sein Büdchen von neugierigen Nachbarn umlagert gewesen. Als Gerda Stielke die Straße überquerte, war der erste Ansturm zwar schon vorüber, aber Peer hatte mit seinem Abenteuer »in Polizeigewahrsam«, wie er es hochtrabend nannte, noch lange nicht genug geprahlt.

»Alles haben sie links gemacht! Aber meine Buchführung ist ta-del-los!«, wiederholte er zum ungezählten Mal, als Gerda Stielke an den kleinen Tresen trat. »Und jede Frage haben sie fünfmal gestellt, das haben sie nur gemacht, um mich in die Enge zu treiben!«, erklärte er wichtig und klopfte sich mit der winzigen Faust gegen die Brust. »Aber bei mir gibt's nix zu verbergen! Ach, Frau Stielke, guten Morgen! In was für eine grässliche Geschichte sind wir da nur hineingeraten? Mein Beileid auch.« Er lehnte sich über den Zahlteller, streckte seinen Arm aus, so weit er konnte, und drückte Gerda Stielke zwei Finger.

»Danke«, murmelte sie.

Er reichte ihr zwei Überraschungseier hinaus. »Für Ihre Enkelchen!«

Plötzlich wanderte sein Blick an ihr vorbei, und sein Gesicht erschlaffte. Er zog sich vom Fenster zurück und erschien kurz darauf in der Seitentür. Von der Parkseite näherte sich Bella. Sie hatte Jupps verdreckte Baseballkappe auf dem Kopf und ihren fettigen Pferdeschwanz hinten durch den Verstellriemen gezogen. Um den rechten Oberarm trug sie einen schwarzen Stoffstreifen. Auch Gerda Stielke und die zwei oder drei Herumstehenden sahen ihr entgegen, während sie direkt auf Peer zuging, der sie auf der Türschwelle erwartete.

»Tut mir so Leid«, sagte er und ergriff ihre Hände. »Ehrlich!«

Sie entwand ihm ihre Finger, fing an zu weinen, fasste den Zwerg bei den Achseln und schüttelte ihn, dass ihm Hören und Sehen verging.

»Warum hast du ihm kein Bier gegeben?«, kreischte sie. »Wenn du ihm das Bier gegeben hättest, hätte er dich nicht beklaut! Du Scheißkerl, du verfluchter Geizhals, du! Du hättest ihm das Bier geben sollen, dann würde er noch leben!«

Als die Umstehenden anfingen zu überlegen, ob sie nicht lieber eingreifen sollten, krümmte die massige Bella sich schluchzend über dem kleinen Mann zusammen. Peer umschlang ihre Taille, so weit er mit seinen kurzen

Armen reichte, und rang zwischen ihren Brüsten nach Luft, während auch ihm dicke Tränen in den Bart liefen. So standen sie eine ganze Zeit reglos, dann löste er sich von ihr und ging schniefend zur Kühltruhe. Er drückte ihr ein Sixpack Pils in die Hand und murmelte: »Auf unsern Fuzzi!« Dann wandte er sich ab.

Gerda Stielke hatte die Szene nicht bis zum Ende verfolgt, und als Peer seinen nächsten Kunden begrüßte, betrat sie zum dritten Mal an diesem Morgen den Supermarkt gegenüber.

Zehn Sekunden, nachdem es zur großen Pause geklingelt hatte, stürmte Laura Baumgartner aus dem Schulhaus und rannte zum Hoftor, wo ihre Oma, die Supermarkttüte im Schoß, auf einem Mäuerchen in der Sonne saß.

»Danke, Oma, du bist voll lieb! Echt! Aber ich hab allen gesagt, sie sollen heute kommen.«

Gerda Stielke schloss sie in die Arme, dass der Kleinen die Luft wegblieb: »In Ordnung. Dann kriegen sie die Süßigkeiten heute Mittag. Und...«, sie machte eine kleine Pause, »ich hab dich lieb, vergiss das nie!«

Laura sah sie einen Augenblick verdutzt an, weil sie einen so feierlichen Ton an ihrer Oma nicht gewöhnt war, und schlang ihr dann die Arme um den Hals.

Gerda Stielke küsste sie auf den Scheitel und schaute ihr nach, wie sie über den Schulhof hüpfte. Dann schlug sie mit der Tüte im Arm den Heimweg ein, jetzt allerdings mit dem zügigen, resoluten Schritt, den man an ihr kannte.

Den Ellbogen auf den Tisch gestützt, löffelte Angela mit großem Genuss ihr Eis und spürte, wie ihr Ärger allmählich abflaute. Schon wesentlich gelassener berichtete sie ihrem jungen Mitarbeiter von ihrer Unterredung in der Chefetage und ihrer daraus resultierenden Besorgnis und Frustration.

Baake beschwichtigte sie und meinte, es bestünde wohl tatsächlich kein Grund zu allzu großer Beunruhigung. »Ich bin sicher, dass sich so eine Nachricht auch ohne Radiomeldung und Presseschlagzeile verbreitet wie ein Lauffeuer«, sagte er. »Wahrscheinlich vergluckert derzeit zwischen Exe und Bleiche und entlang der Schleswiger Straße literweise Großer Held in Ausgüssen und Klos. Immerhin gehört der kleine Peer seit neuestem zur Lokalprominenz! In der Sonntagsbeilage ›Flensbürger‹ war neulich ein Artikel über ihn. Mit einem Interview und Fotos, für die er seinen Rauschebart extra aufgeplustert hat!«

»Außerdem war ja auch der alte Fuzzi in der ganzen Stadt bekannt, das wird dem Klatsch noch zusätzlich Zunder geben. So werden die Leute auch gewarnt«, hoffte Angela und schabte das letzte Eis aus der Waffel. »Mmh, köstlich!« Sie nahm das Hörnchen in die Hand und biss es mittendurch. »Okay«, sagte sie kauend, stopfte den Rest der Waffel in den Mund und fuhr sich mit dem Handrücken über die Lippen. »Also noch mal von Anfang an: Soweit wir wissen, gibt es vier Möglichkeiten, wo Baumgartner sich mit dem tödlichen Proviant für seinen letzten Ausflug versorgt haben kann. Bei seiner Tankstelle, aber die war nachts geschlossen, dann: an Peers Kiosk.«

Baake löffelte bedächtig und nickte. »Da hat er normalerweise seinen Nachschub hergekriegt, und auch der alte Berber hat sich dort ja offenbar bedient. Bleibt die Frage, wie sie in den Kiosk gekommen sind ...«

»Richtig. Aber ich denke, das werden wir erst erfahren, wenn wir wissen, wer sie dorthin gebracht hat. Vielleicht sind Baumgartner und der Obdachlose ja auch auf unterschiedlichen Wegen an ihre Giftration gekommen. Dritte Möglichkeit: seine Geliebte ...«

»Also, das halte ich für ausgeschlossen!«, rief Baake wie aus der Pistole geschossen. »Mein persönlicher Eindruck von Frau Peters ...«

Sie ließ ihn nicht ausreden. »Ich habe eine gewisse Ahnung, was Ihren persönlichen Eindruck von Frau Peters angeht, aber seien Sie unbesorgt, auch ich glaube nicht, dass sie Baumgartner vergiften wollte. Ehrlich gesagt, scheint mir ihre Beziehung zu ihm für ein Verbrechen aus Leidenschaft auch nicht intensiv genug gewesen zu sein.« Sie lächelte verschmitzt. »Aber auch wenn der schöne Walter jetzt ausfällt, haben Sie vielleicht immer noch den reichen Alexander zum Nebenbuhler!«

Baake wurde rot und machte sich vor Verlegenheit fast einen Knoten in die Beine. Er beeilte sich, ihren Faden wieder aufzunehmen: »Vierte Möglichkeit: zu Hause.«

»Genau. Bloß, dass es da nur eine gebrochene Witwe und eine herzensgute Oma gibt.«

Baakes Miene wurde plötzlich nachdenklich. Er entwirrte seine Beine und richtete sich kerzengerade auf.

»Nein, da gibt es noch etwas!«, sagte er, »nämlich die Wagenladung Großer Held im Keller. Und warum soll die Oma bei Peer kaufen, was reichlich und billig im Hause steht?«

»Das wissen wir doch.« Angela zuckte verständnislos die Achseln.

Baakes graue Zellen gerieten zunehmend in Aufruhr.

»Das meine ich nicht.« Eifrig lehnte er sich vor. »Wissen Sie, ich kann mich zwar nicht gerade mit einem unfehlbaren visuellen Gedächtnis brüsten, aber ich war zweimal in diesem Fitnessraum, wo dieser Riesenstapel Großer

Held in der Ecke liegt. Ich hab sogar zu kalkulieren versucht, wie viele Fläschchen das wohl sind, bin aber beide Male jämmerlich gescheitert.« Er kratzte sich hinterm Ohr. »Aber mir ist da etwas aufgefallen, woran ich bis jetzt überhaupt nicht mehr gedacht habe: Ich könnte schwören, dass beim ersten Mal zuoberst ein angebrochener Karton gestanden hat und dass der beim zweiten Mal nicht mehr da war. Da war der Stoß vollkommen rechtwinklig!«

»Baumgartner kann den wohl kaum noch konsumiert haben«, bemerkte Angela.

»Der war da schon tot«, nickte Baake. »Aber vielleicht Oma und Tochter?«

»Glaub ich nicht. Komisch!«, sagte Angela plötzlich. »Haben Frau Baumgartner und ihre Mutter nicht behauptet, Frau Stielke würde die Dinger am Kiosk kaufen?«

»Das hab ich doch gesagt!«, warf Baake ein. »Diese Frage sollten wir wohl am besten Oma Stielke stellen.« Er knickte sein Hörnchen zusammen und steckte es auf einmal in den Mund.

Angela seufzte. »Dabei hab ich gedacht, ich könnte früh ins Wochenende und in Ruhe mein neues Domizil beziehen!«

»Sie haben ...? Was Sie nicht sagen!« Baake war so baff, dass Angela die Waffeltrümmer in seinem Mund sehen konnte.

Sie grinste selig. »Yeaaah! Die absolute Superwohnung!«

»Wo denn?«

»In der Toosbüystraße!«, rief sie, »heute Nachmittag kriege ich Vertrag und Schlüssel, und heute Nacht schlaf ich schon da!«

»Das ging aber schnell!«

»In der Anzeige wurde ein Nachmieter gesucht, da hab

ich mir ein Taxi genommen und bin schnurstracks hingefahren und ...«

Baake wartete, »was und?!«

»Ich hab sie gekriegt! Ein toller Typ, dieser Maler, aber er kann sich die Wohnung nicht mehr leisten. Der Vermieter sucht was Solides. Mich zum Beispiel. Herr Brecht hat ihn angerufen, gesagt, dass ich im öffentlichen Dienst bin, und ich kann die Bude haben!!! Ich hab ihm noch seine tolle italienische Boffi-Küche abgekauft, und heut Abend zieh ich ein! Na?!«

Baake war tief beeindruckt. »Glückwunsch! Und jetzt heißt's Möbel kaufen?«

Angela schüttelte den Kopf. »Jetzt gehen wir Gerda Stielke holen.«

Schon draußen war das Kindergeschrei nicht zu überhören. Es dauerte lange, bis ein Kind auf ihr Klingeln hörte, öffnete und gleich wieder weglief. Angela und Baake traten ein, folgten dem Lärmpegel bis in den Garten. Etwa zwölf Kinder spielten da und rannten herum, während an einer Kaffeetafel im Wohnzimmer Maja Baumgartner Löffel für Löffel hinlegte, Tasse für Tasse. Ohne aufzuschauen, wie in Trance und völlig abwesend.

»Frau Baumgartner!«, rief Angela, doch Maja schien nichts zu merken. Baake und Angela wechselten einen Blick, dann hielt Angela Maja Baumgartners Hand fest. »Frau Baumgartner, wo ist Ihre Mutter?« Maja blickte auf ihre Hand und den Tisch und antwortete nicht.

Mein Gott, dachte Angela, sieht die fertig aus, noch viel mehr als vor zwei Tagen. Was ist bloß passiert? Baake versuchte es noch mal: »Frau Baumgartner, Ihre Mutter, wo ist sie?«

Jetzt ließ Maja ihre Hände sinken, strich damit über ihr Kleid. »Meine Mutter? Ich habe keine Mutter! Laura hat Geburtstag.«

»Wo ist dann Frau Stielke?«, versuchte Baake es erneut, nachdem Angela aus dem Garten zurückkam und den Kopf schüttelte.

»Weg«, sagte Maja Baumgartner. »Weg ist sie, und ich will sie auch nie mehr sehen. Weg!«

Maja Baumgartner begann wieder den Tisch zu decken.

Angela winkte Baake aus dem Zimmer. Er folgte ihr hinaus zum Auto. »Geben Sie eine Fahndung nach Frau Stielke raus, und wir müssen das Jugendamt anrufen. Ich glaub, man kann sie jetzt nicht mit den Kindern alleine lassen.« Baake nickte und ging ans Funktelefon, während Angela vor dem Haus stand, es umrundete und dem Lärm der Kinderbande lauschte.

Ein Streifenwagen kam angefahren. Es waren die gleichen Polizisten, die den Fundort von Baumgartners Leiche im Carlisle Park abgesichert hatten. Angela sprach leise auf sie ein. »Später kommt das Jugendamt. Unterstützen Sie die Kollegen. Wenn die Frau durchdreht, ruft den Notarzt, und wenn Frau Stielke auftauchen sollte, nehmt sie fest.« Die beiden Streifenpolizisten nickten wichtig.

Baake und Angela schritten nebeneinander durch den Gang auf ihr Büro zu. Baake sinnierte laut: »Ob die alte Stielke nach Rio flüchtete?«

»Sicher nicht!«, antwortete Angela. »Eher zurück aufs Land oder ...« Angela öffnete die Tür zum Büro, und da saß Oma Stielke.

Walter Baumgartners Schwiegermutter trug einen hellgrauen Hosenanzug, eine weiße Bluse und die doppelreihige Perlenkette, die sie sich, frisch verwitwet, zum sechzigsten Geburtstag gegönnt hatte. In der Hand hielt sie einen kleinen hellgelben Kunstlederkoffer.

»Hier bin ich!«, sagte sie.

Angela und Baake wechselten einen etwas irritierten Blick.

»Ich musste doch verhindern, dass Sie mich zu Hause verhaften, womöglich an Lauras Geburtstag vor den Kindern! Deshalb komme ich lieber her, um mein Geständnis abzulegen«, sagte sie, fast im Plauderton. Dann holte sie tief Luft. »Ich bin schuld an dem, was dem alten Fuzzi und dem Schüler passiert ist, und es tut mir furchtbar Leid!«, fügte sie leise hinzu.

Angela räusperte sich. »Und das mit Ihrem Schwiegersohn?«

»Nein!«, erwiderte Gerda Stielke, ohne zu zögern. »Ich meine: ja, schuld bin ich daran auch. Aber Leid tut es mir nicht.«

Baake bemerkte, wie Angela leicht zusammenzuckte, und assistierte: »Woher hatten Sie das Zyanid?«

»Das was?«

»Das Gift.«

»Ach so. Rattengift«, sagte Gerda Stielke. »Als ich noch in Ulstrup auf dem Land gewohnt hab, da gab es öfter mal eine Rattenplage. Seitdem sind mir Ratten so was von eklig! Und in der Stadt gibt's die ja schließlich auch.«

»Okay«, Angela schaltete sich wieder ein, »Sie haben also ein bisschen Rattengift in ein paar Fläschchen Großer Held gemischt.«

Als habe eine Freundin sie nach einem Kochrezept gefragt, nahm Gerda Stielke eine bequemere Sitzposition ein, bevor sie antwortete. »Ja, mit so einer Veterinärnadel für Rindvieh. Ich hab ein bisschen rausgezogen, das Zeug reingefüllt und das Loch wieder zugemacht. Dann hab ich die Packung oben auf den Stoß gestellt. Offen, damit er die zuerst nimmt.«

»Und wenn Maja oder die Kinder ...«

»Keine Gefahr.« Großmutter Stielke winkte ab. »Sein Fitnessraum war sein Heiligtum. Die Kinder durften da gar nicht rein. Außerdem wussten sie, dass das Papas Schnaps war, die wären da nie drangegangen. Und Maja verabscheut Alkohol in jeder Kombination.«

»Natürlich! Das ist der Karton, den ich gesehen hab und der dann weg war!«, sagte Baake.

Gerda Stielke senkte den Kopf. »Was Walter übrig gelassen hatte, das haben dann leider der arme Penner und der Junge erwischt.«

»Wollen Sie damit sagen, dass Sie den Rest in den Kiosk ...?« Baake starrte fassungslos auf die feierlich gekleidete Frau mit dem freundlichen Gesicht.

»Ich hab sie extra mitten in die Tür gestellt«, jammerte sie, »aber der Alte muss sie rausgeholt haben, während ich in der Telefonzelle war.«

»Der anonyme Anruf, das waren also Sie?«, fragte Angela.

»Die Polizei kam ja auch sofort.« Gerda Stielke nickte. »Ich hab noch mit dem Fernglas beobachtet, wie sie alles eingesammelt haben.«

»Und warum um alles in der Welt haben Sie den Rest nicht einfach ins Spülbecken gekippt?«, fragte Baake.

»Das frage ich mich jetzt auch«, sagte Gerda Stielke bekümmert. »Aber nachdem Sie das zweite Mal bei uns waren, hab ich's mit der Angst zu tun gekriegt. Deshalb wollte ich, dass es so aussieht, als ob es die Erpresser gewesen wären.«

Angela stöhnte. »Klar, von der Erpressung hat Ihnen natürlich Ihre Tochter erzählt!«

Gerda Stielke machte eine wegwerfende Handbewegung. »Das war nicht nötig. Wenn mein Schwiegersohn laut wurde, hat man bei mir im Keller jedes Wort verstanden.«

»Und warum musste Walter Baumgartner sterben?«, fragte Baake.

»Weil er ein Schwein war«, sagte Gerda Stielke und schüttelte wieder den Kopf. »Genauso ein Schwein wie Majas Vater. Deshalb weiß ich so gut, was Maja durchgemacht hat. Ich hab dieses Martyrium achtunddreißig Jahre ertragen ... wenn Sie überhaupt wissen, wovon ich rede.«

»Äh, nicht genau«, gestand Angela.

»Er hat meine Tochter kaputtgemacht«, sagte Gerda Stielke mit Überzeugung, »sie ständig hintergangen und belogen. Maja hätte ihn trotzdem nie verlassen. Sie konnte sich schon lange nicht mehr gegen ihn wehren. Sie fühlte sich wie der letzte Dreck, und was das Schlimmste war, sie benahm sich mit der Zeit auch so. Und das kenne ich zur Genüge!« Sie nickte ein paarmal trübsinnig vor sich hin. »Auch mich hat er versucht kleinzukriegen. Dass ich mein Geld in sein Haus gesteckt habe, kam ihm sehr gelegen, aber wohnen musste ich in der Abstellkammer!«, sagte sie, und der alte Zorn flackerte wieder auf. »Und nachdem er seine Frau so weit getrieben hatte, dass sie ins Irrenhaus musste«, fuhr sie aufgebracht fort, »brauchte er ja jemanden, der sich um die Kinder und den Haushalt kümmerte. Dafür war ich dann natürlich wieder gut genug! Aber was das Maß endgültig voll gemacht hat, war, dass er uns auch noch die Kinder wegnehmen wollte. Meine Enkel!« Sie schüttelte entschieden den Kopf. »Nein, das Schwein musste weg! Bevor meine Tochter sich eines Tages wirklich umbringt ...«

»Hat sie einen Selbstmordversuch unternommen?«, fragte Angela.

»Ja, und es hätte auch um ein Haar geklappt. Ich hatte gerade einen Käufer für den Hof gefunden und wollte mir ein Häuschen oder eine kleine Wohnung hier in Flensburg suchen, um in der Nähe meiner Enkelchen zu sein. Da ist das passiert. Bis dahin hatte ich keine Ahnung, wie böse es um sie stand. Meine Tochter hat sich nie etwas anmerken lassen und mir all die Jahre die glückliche Ehefrau vorgespielt. So was wie die Ehe ihrer Eltern war ihr immer ein Gräuel gewesen.« Sie lachte bitter auf. »Aber Maja zieht Männer an, die sie nur ausnutzen, genau wie ich. Nur dass sie sich das nicht eingestehen will und seelisch auch schon viel zu angeschlagen war, um sich noch aus eigener Kraft befreien zu können. Wie ich!«

Gerda Stielke verstummte und sah auf den Fußboden. Auch Angela und Baake schwiegen mit angehaltenem Atem. Die folgende Stille dehnte sich zu fast einer Minute, und als Angela sie brach, hatte ihre Stimme wieder diesen leicht metallischen Klang.

»Woran ist Ihr Mann eigentlich gestorben, Frau Stielke?«

Gerda Stielke hob den Blick und senkte ihn sofort wieder zu Boden. »An Magendurchbruch«, sagte sie kurz.

»Herr Baake, beantragen Sie bei der Staatsanwaltschaft bitte die Exhumierung der Leiche von ... Wie war der Vorname Ihres Mannes?«

»Gernot. Er war auch ein mieser Kerl«, sagte Frau Stielke.

XXVIII

Im Büro von Steckler saß Frau Laßleben auf ihrem Rölfchen und vögelte ihn. Als das Telefon klingelte, unterbrachen sie. Steckler langte an ihr vorbei zum Hörer und meldete sich: »Steckler ... ja, bitte? ... Hervorragend! Nein, schreiben Sie's gut, morgen entscheide ich über eine andere Anlage.« Er legte auf, aber die Lust war Gudrun vergangen.

»Könntest du nicht wenigstens mal dabei nicht telefonieren?«, fragte sie ihn, erhob sich, ließ ihren Rock über den nackten Unterleib fallen und steckte sich eine Zigarette an, während Steckler die Hose hochzog und den Gürtel schloss. Ihre Kritik erreichte ihn nicht. Steckler war gut drauf. »Einen guten Schnitt haben wir gemacht. Einen sehr guten. Und keiner hat was gemerkt!«, freute er sich.

»Du irrst«, korrigierte Gudrun ihn, während sie ihr Höschen anzog. »Deine Mail wurde von der Polizei identifiziert. Der Bürgermeister und der Polizeipräsident haben mich diskret darauf angesprochen.«

»Und?«, fragte Steckler überrascht.

»Nichts, und?«, wischte Gudrun seine Frage beiseite. »Schließlich gehören wir alle zur selben Partei. Und jetzt kaufst du dich mit meinem Anteil an der Immobilie Jessen ein. Er wird nämlich verkaufen.«

XXIX

Gegen Abend, der Untersuchungsrichter hatte einen Haftbefehl gegen Gerda Stielke erlassen, konnten Angela und Baake sich endlich loseisen. Sie holten Angelas Siebensachen bei der Pensionswirtin ab und fuhren in die Toosbüystraße.

Angela war nervös, erfreut und stolz. »Sie werden sehen! Dritter Stock Altbau, vier Meter hohe Räume und Stuck in allen Zimmern, sogar im Bad. Und die Wahnsinnsküche! Der Herd ist riesig und steht mitten im Raum. Alles aus Chrom und Holz und dazu die alten schwarzweißen Bodenkacheln, sieht absolut geil aus! Und ist dicke die fünftausend Euro wert, die ich bezahlt habe.«

»Fünftausend?«, fragte Baake überrascht. »Und so viel tragen Sie mit sich rum?«

Angela schüttelte den Kopf. »Nein, ich war an zwei Geldautomaten und hab's gleich hingeblättert. Die Küche ist nämlich mindestens ihre zehntausend wert!« Sie klopfte sich vor Freude auf die Schenkel.

»Na ja«, brummte Baake, »so viel Überschwang hätt ich Ihnen gar nicht zugetraut. Bisschen vertrauensselig find ich's schon ...«

»Nun warten Sie doch erst mal ab, bis Sie Herrn Brecht kennen gelernt haben! Was für ein Vogel! Torerodutt, schwarz gemalte Augen und so ein Kaftan mit Schmetterlingen bis auf die Füße. Das Einzige, was in der ganzen Wohnung noch rumstand, waren seine Staffelei und ein paar Leinwände. Kunstmaler. Und derart etepetete, das können Sie sich überhaupt nicht vorstellen! Und wie der Typ gelacht hat, so was Überkandideltes hab ich in meinem ganzen Leben noch nicht gehört! Das ging locker über drei Oktaven! Die reinste Opernarie! Ha ha ha ha ha ...«, sang Angela laut ein paar falsch tönende Intervalle und amüsierte sich königlich bei der Erinnerung an ihre Begegnung mit Herrn Brecht. »Er hat sich zigmal entschuldigt, dass er mir nichts anbieten kann, weil er schon so gut wie ausgezogen ist. Er zieht sehr ungern aus, hat er mir erzählt, aber der Hausherr wollte die Miete endlich mal in Scheinen statt in wertlosen Ölgemälden.« Wieder kicherte sie vergnügt im Gedanken an die Konversation.

Baake bog in die Toosbüystraße ein. »Nummer?«

»Das Haus da mit den vielen Geranien!«

Strahlend wies Angela auf einen vierstöckigen Altbau mit liebevoll renovierter Fassade und mehreren üppig bepflanzten Balkons, und Baake fand eine Parklücke in etwa zwanzig Metern Entfernung. Noch ehe der Wagen richtig stand, war Angela schon halb über die Straße geflitzt.

Vor dem Haus parkte in zweiter Position ein Streifenwagen, und vor der Haustür standen einige Leute, die sich über irgendetwas erregten. Baake holte Angela ein, sie betraten den Hausflur und stiegen die Treppe hinauf. Auch hier debattierten etliche verärgerte Personen, zumeist Paare, an denen sie sich vorbeidrängen mussten.

Die Wohnungstür im dritten Stock stand offen. Auf dem Treppenabsatz und in der Wohnung herrschte reger Betrieb und aufgebrachtes Stimmengewirr. Als Angela die beiden uniformierten Polizisten sah, erschien zwischen ihren Brauen eine steile Falte, und als Baake auf einen weiteren Beamten in Zivil zuging, ihm die Hand drückte und ihn Angela als Herrn Vogel vom Betrugsdezernat vorstellte, waren ihre Augen nur noch misstrauische Schlitze.

»Bist du auch auf Wohnungssuche?«, fragte Vogel Baake und grinste übers ganze Gesicht.

»Ich nicht«, antwortete Baake, »Hauptkommissarin Tendrup suchte dringend eine und hat hier die gerade gemietet.«

Kommissar Vogel ließ das Grinsen sein und schielte die junge Kollegin von der Seite an. »Sagen Sie bloß!?«

»Wo ist Herr Brecht?«, fragte Angela, Böses ahnend.

»Haben Sie etwa auch die Küche übernommen und bar bezahlt?«, fragte Vogel ungläubig.

Angela brauchte ihm nicht zu antworten, es genügte, ihr Gesicht zu sehen.

In Vogels Augen glitzerte es belustigt, aber er war ein wohlerzogener Mensch und sagte mit einer vagen Geste über den Trubel: »Tja, mit Herrn Brecht, Herrn Hesse, Herrn Heine sind alle diese Leute zur Schlüsselübergabe verabredet. Fehlt nur noch jemand, der die Wohnung von Herrn Grass gemietet hat!«

Angela war kalkweiß geworden, und Vogels Stimme drang wie aus weiter Ferne zu ihr.

»Der Kollege da drüben führt die Geschädigtenliste, da können Sie sich eintragen. Sie wären dann die Vierzehnte, wenn ich richtig mitgezählt habe.«

Baake stieß einen anerkennenden Pfiff aus. »Vierzehn mal fünf, das macht siebzigtausend Euro. Kein schlechter Schnitt!«

»Die Masche hat offenbar gezogen«, sagte der Betrugsfachmann trocken.

»Tja, bei der Küche!«, entfuhr es Baake.

Angela wandte sich brüsk ab und schritt zur Tür. Baake zögerte einen Augenblick, dann stürzte er ihr hinterher. »Frau Tendrup, warten Sie, wollen Sie nicht wenigstens Anzeige erstatten?«

Ohne sich umzuwenden, winkte Angela ab.

»Warten Sie, ich bring Sie ...«

»Danke, ich geh zu Fuß«, knurrte sie über die Schulter und war verschwunden.

Es hatte auch weiter keine Probleme mit Frau Stielke gegeben. Sie unterschrieb in der Untersuchungshaft die Geständnisse, Walter Baumgartner, Fuzzi und auch einige Jahre zuvor ihren Mann umgebracht zu haben. Frauenfeinde, nannte sie Baumgartner und ihren Mann Gernot. Die bekanntesten feministischen Verteidigerinnen rissen sich um ihren Fall.

Zum Wochenende war an der Hafenspitze die Große Heldinnen-Party angesagt. Tausende kamen, um statt eines Mannes eine Frau zu casten, die in Zukunft auf den Plakaten Fläschchen pflücken sollte.

Die Steel Bands waren gut, Marketingleiter Alexander Jessen glücklich mit seiner Fotografin und der Vater auf Weltreise, nachdem die Brennerei zum Höchstfixing an die Kanadier gegangen war.

Immobilien Schneider hatte nun doch das große Grundstück erworben, weil seine Pläne neuerdings von einer Schweizer Großbank unterstützt wurden.

Die ganze Innenstadt wird eine einzige große Mall werden! Flensburg, hurra!

Nur den Beschäftigten der Jessen Rum AG war gekündigt worden. Dafür durften sie ohne Eintrittsticket an der Party teilnehmen, aber die meisten verzichteten.

Epilog

Angela ging nicht zur Party, gleichzeitig beging nämlich Herr Adler, der Leiter der Spurensicherung, sein fünfundzwanzigjähriges Dienstjubiläum, und das wollte er mit einem, wie er es nannte, Apostelessen feiern.

Im Anschluss an den kleinen Empfang, der zu diesem Anlass im Präsidium stattfand, waren zwölf auserwählte Kollegen, zu denen auch Angela Tendrup und Jens Baake gehörten, zum Essen in die Weinstube im Krusehof geladen. Sie saßen im Gang hinter dem Schmuckladen und der Glaskunstboutique unter Balkendächern und einem schmalen Himmelsstreifen, praktisch im Freien, aber so richtig doch nicht. Das Fest war vorbei, der Gastgeber hatte die Zeche bezahlt und sich verabschiedet, und nach und nach verzogen sich auch die anderen, bis Angela und Baake allein zurückblieben. Plötzlich erschien Torsten Zamzow und setzte sich zu ihnen an den Tisch. »Du warst nicht auf der Party?«, fragte er. Angela schaute Zamzow von der Seite an.

»Was soll ich da? Großer Held trinken?« Baake spürte, dass er einer zu viel war, und erhob sich. »Ich muss«, sagte er und ließ die beiden allein.

»Trinken wir noch was?«, fragte Angela. »Ich hab zwar schon einen sitzen, aber irgendwie zieht's mich noch nicht auf meine Baustelle.«

Zamzow machte dem Kellner ein Zeichen und hob die leeren Weinkaraffen hoch.

»Baustelle?«, fragte er.

»Mein Elternhaus. Das Erdgeschoss ist schon so gut wie bewohnbar, aber oben ziehen sie gerade die Böden ab, und das macht halt unheimlich viel Dreck.«

Der Kellner brachte noch zweimal einen Viertelliter österreichischen Zweigelt und ein frisches Glas. Angela füllte die Gläser auf. Dann stieß sie mit Zamzow an und lächelte.

»Torsten, du ahnst ja nicht, wie froh ich bin, über die Erfahrung, die ich mit dir gemacht habe.«

Torsten hüstelte peinlich berührt, legte die Haare hinters Ohr und schaute Angela irritiert an. Angela lächelte zurück.

»Das freut mich«, sagte er, »deshalb bin ich hier. Ich dachte ...«

Sie schüttelte den Kopf. »Du verstehst gar nix – ich denke an unsere Mörderin. Sie hat aus ihren Erfahrungen nichts gelernt!«

Zamzow schüttelte fragend den Kopf. »Du meinst, die Frau hat mildernde Umstände verdient, weil der Kerl so ekelhaft war?«

»Nein«, widersprach Angela. »Im Gegenteil. Heute weiß ich, dass jeder seinen Anteil an allem hat. Keiner ist alleine schuld. Alles wird zu zweit gemacht. Sie hätte sich von ihrem Mann trennen müssen und ihre Tochter auch. Wenn sie es nicht tut, ist sie mitschuldig. Auch an ihrem eigenen Unglück. Mord ist keine Lösung.«

Zamzow war nicht beeindruckt. »Was hat das mit uns zu tun?«

Angela sah ihn erstaunt an, er begriff gar nichts. »Du

bist jetzt gekommen, um vielleicht mal wieder mit mir zu vögeln?«

Er nickte. »Du warst die beste Frau im Bett. So so wie soll ich's sagen? So naturgeil!« Er schmunzelte.

Angela wurde fast nüchtern. Dann lachte sie laut. »Genau das mein ich, wenn ich mich jetzt auf dich einlasse, muss ich dich früher oder später vergiften, oder erschlagen, oder erschießen!«

»Wieso?« Zamzow begriff wirklich nichts.

»Sag' mir, ich weiß ja nichts von dir, bist du mittlerweile verheiratet?«

Zamzow überlegte kurz, nickte dann knapp und fügte hinzu: »Und praktisch schon wieder geschieden.«

»Dacht ich mir«, sagte Angela und überlegte, wie sie dem Mann, der so intelligent war, klar machen konnte, dass er kein bisschen Mitgefühl hatte und ein emotionales Manko besaß. »Weißt du, was du tun solltest?«, ihr war eine Idee gekommen, und sie sprach sie in seine erwartungsvolle Miene. »Nimm die Brille ab, setz dir Kontaktlinsen ein, und bewirb dich als Großer Held. Dann kannst du so viele so genannte Partys feiern und mit Frauen ficken, dass du total ausgelastet bist und nicht auf so blöde Ideen kommst, mich anzusprechen.« Angela erhob sich. »Und jetzt muss ich mal aufs Klo!«

Die Damentoilette befand sich auf halber Höhe im Haus, und Angela musste das noch gut besetzte Lokal durchqueren. Zwar aß kaum noch jemand, doch saßen an vielen Tischen noch Gäste beim Wein oder einem Glas Flensburger Pils. Auch oben, eine halbe Treppe über den Toiletten, gab es noch Tische.

Dort oben lachte sich eine Gruppe über irgendetwas kaputt, und Angela stockte für einen Augenblick der Atem.

Die mehrstimmige Lachsalve noch im Ohr, betrat sie die Toilette und erledigte ihr dringendstes Bedürfnis, ohne dass der beständige Nachhall des Gelächters in ihr verstummte. Beim Händewaschen kam ihr die Erleuchtung, und sie begriff schlagartig, was dieses beunruhigende Echo in ihr ausgelöst hatte: diese dröhnende Bassstimme, die sich unvermittelt aus dem lachenden Chor erhoben und in mühelosen Oktavsprüngen einen jubelnden Sopran erreicht hatte, diese unglaubliche Koloraturlache – die hatte sie schon einmal gehört! Als sie in den Spiegel schaute, war ihr Grinsen so breit, dass es kaum in ihr Gesicht passte. Sie suchte in ihrer Handtasche die Dienstpistole, steckte sie hinten in den Bund und suchte ihren Polizeiausweis. Sie nahm sich nicht mal mehr die Zeit, ihre Hände trocken pusten zu lassen, sondern schlenkerte die nassen Finger, während sie die halbe Treppe hochstieg und geradewegs auf den Tisch zuging, an dem die vergnügte Gruppe zechte.

Dort saßen vier Männer, drei sehr junge und ein nobel gekleideter älterer Herr, angeregt ins Gespräch vertieft. Einer der Jüngeren, ein weißblonder Lockenkopf mit langen lackierten Fingernägeln, hatte seine Hand in den Nacken des Älteren gelegt und zwirbelte zärtlich das Pferdeschwänzchen, das sich neckisch über den Kragen des teuren Designerjacketts ringelte, zog sie jedoch hastig zurück, als Angela an den Tisch trat.

»Herr Brecht!«, rief sie hocherfreut. »So sieht man sich wieder! Wer hätte das gedacht?!«

Der Mann in dem edlen Anzug blickte verdutzt auf.

»Wie bitte? Sprechen Sie mit mir? Sie müssen mich mit jemandem verwechseln«, sagte er erstaunt.

»Hier heißt niemand Brecht«, assistierte der Platinblonde unfreundlich.

Doch sein abweisender Ton konnte Angelas Begeisterung keinen Abbruch tun. »Hab ich mir fast gedacht! Lenz vielleicht?«, fragte sie mit einer Ausgelassenheit, die zum Teil auch auf den reichlichen Genuss österreichischen Zweigelts zurückzuführen war. »Oder Hesse? Heine hätt ich auch noch im Angebot ... Aber das ist im Moment gar nicht so wichtig, zu gegebener Zeit werden wir schon erfahren, wer Sie tatsächlich sind.«

Sie zwinkerte dem älteren Herrn im feinen Zwirn spitzbübisch zu und konnte sich vor Genugtuung selbst nur schwer das Lachen verbeißen. »Erinnern Sie sich noch an mich? Ich hatte bei Ihrem Vermieter angeblich die besten Karten, weil ich doch im öffentlichen Dienst bin, wissen Sie noch?«

Mit gespielter Gleichgültigkeit sah er sie über den Rand seiner modischen Brille an, blickte achselzuckend in die überraschten Gesichter seiner Freunde und begann, nach dem Kellner Ausschau zu halten.

Sie streckte ihm ihren Dienstausweis unter die Nase. »Bin ich tatsächlich! Bei der Kriminalpolizei nämlich ... Ach, warten Sie, machen wir lieber gleich das ganze Programm!«

Vergnügt glucksend trat sie neben die Treppe und rief quer durchs Lokal, dass es bis hinaus schallte: »Huuhuu, Torsten! Komm schnell, guck mal, wer hier sitzt!«

Alle Gäste blickten auf, und Zamzow, der gemerkt hatte, dass Angela ein bisschen zu viel getrunken hatte, beeilte sich, dorthin zu kommen, wo sich die Frau unter einem solchen Lachkrampf wand, dass sie nach Luft rang und ihr dicke Tränen übers Gesicht liefen.

»Darf ich vorstellen«, japsend tätschelte sie dem eleganten Herrn die Schulter, »das ist der Herr, der mir und dreizehn anderen dieselbe Küche verkauft hat.«

Mit wütender Geste wischte der Mann Angelas Hand weg und stieß im Aufspringen seinen Stuhl heftig zurück. Mit spitzen Schreien flüchteten die drei jungen Männer die Treppe hinab, und Herr Brecht kletterte mit einem Affenzahn über den Tisch und wollte hinterher. Angela stellte ihm ein Bein, und Brecht purzelte die Treppe hinunter.

Sie zog die Pistole und drückte sie in seinen Rücken und reichte Zamzow ihre Handtasche. »Da sind Handschellen drin. So was trägt ein Kriminaldirektor wie du sicher nicht mit sich rum.«

Als Brecht im leicht zerknitterten Anzug wieder auf die Füße kam, trug er die Handschellen und war die Sensation der Weinstube im Krusehof.

Hauptkommissarin Angela Tendrup steckte ihre Waffe weg, stampfte vor Vergnügen mit den Füßen und hielt sich immer noch den Bauch. »So ein Tag, ich könnt mich wegschmeißen!«, keuchte sie, ganz außer Atem.